トモダチブルー

宮下恵茉・作
遠山えま・絵

JN167196

集英社みらい文庫

もくじ

登場人物
伊藤真菜
中1。性格も成績もよく、先輩にかわいがられ男子にも人気。一部の女子からは〝クラスのヒロイン〟と言われている。
Mana
小鳥遊はな
中1。転校生。あだ名は「小鳥」。真菜たちのなかよしグループに入り、うちとけていくが…？
Kotori
菊池陽向
中1。学年一の人気男子。真菜のことを気に入っているけど…？
Hinata
藤澤 湊
中1。真菜のおさななじみ。クールな一匹狼。ひそかなファンが多い。
Minato
市川 萌
中1。真菜と一番のなかよし。
おとなしいタイプ。
湊のことが気になる？
Moe

あらすじ

楽しく学校生活を送っている中1の真菜。
転校生の小鳥がやってきたことで
そんな毎日が変わりはじめて…

小鳥は、
真菜がほしいと言っていた
スマホケースやリュックを
次々と使いはじめ…

ついには
髪型までそっくりに。

小鳥がついたうそのせいで、
真菜は部活の先輩に
呼びだされてしまい…!?

一番なかよしの萌も離れていき、
教室にも部活にも
居場所がなくなって…

小鳥が発した
言葉の意味は?
小鳥が真菜を
追いつめるのはなぜ…?

1 クラスのヒロイン

黒板の単語をノートに写していたら、ひじのあたりでカサリと音がした。目線を落とすと、小さく折りたたんだメモがある。

（うわっ、ヤバいよ。先生に見つかっちゃう！）

まわりの子たちにも見つからないように、こっそり開く。

『菊池、絶対真菜のこと好きだよね』

『わたしもそう思う！』

『つきあっちゃえば!?』

この字は、さくら、萌、それから妃那だ。文字のまわりにはピンクのマーカーでハートがいっぱい描いてある。

（もう～、ちがうってば）

しかめっ面で振りかえると、さくらがぺろっと舌をだした。

さくらたちが言ってるのは、さっきの休み時間のこと。

みんなの前で、「七月の登山遠足、同じ班になろうぜ」って菊池陽向に誘われたから。

菊池は、サッカー部の男子。顔がK－popアイドルっぽいって言われてて、わたしたちが通う鈴里中学一年生のなかで一番人気がある。それだけじゃなく、女子の先輩たちからも、よく声をかけられているらしい。その菊池がわたしによくからんでくるからって、さくらたちはかんちがいしてるみたいなんだよね。

最近のわたしたちのブームは、授業中に手紙をまわすこと。先生の目をぬすんで、さっとまわすのがスリル満点だし。

けど、この内容はさすがに困る。

だって先生に見つかったら、みんなの前で読みあげられちゃうじゃん！

あせってポケットにメモを押しこんだところで、タイミングよくチャイムが鳴った。

（セーフ！）

ホッとしながら教科書を片付けていたら、「じゃあな、伊藤。さっき言ったこと、考えといてくれよな」って、菊池が念押しするみたいに声をかけてきた。

ひらひらと手を振って他の男子たちと教室をでていくのを見とどけてから、さくらたちが、やっぱりねってうなずきあう。

「菊池って、ホントわかりやすい」

「真菜のことが好きってバレバレだよねえ」

(もう〜、だからちがうって言ってるのに)

こういうとき、反応したらますますひやかされる。わたしはなんとも思ってないよって顔で「はいはい」と返事をしておいた。

ちょっと派手めな原嶋さくらと村上妃那、それからおとなしめの市川萌。

三人は、中学に入ってからできた新しい友だちだ。さくらと妃那はわたしと同じダンス部、萌は放送部に入っている。

はじめに、出席番号が近かった萌とわたしがなかよくなって、そのあと、部活つながりでさくらと妃那が入って四人グループになった。みんなタイプはちがうけど、なかよくやってる。

小学生のころ、上におねえちゃんがいる友だちから、中学では、どこのクラスでも友だち同士のゴタゴタで不登校になる人が必ずひとりはいるらしいよ、とか、部活の先輩ってこわい人ばっかりで、ちょっと目立つと、すぐ呼びだされるらしいよ、とか、そんなこわい話ばかり聞かされてた。だから、正直、入学するまではゆううつだったんだよね。

でも、入学してみたら、そんなこと、ぜ〜んぜんなかった。

友だちだってすぐできたし、クラスにいじめなんてない。ダンス部の先輩たちも、わたしのこと「真菜ちん」って呼んで、めちゃくちゃやさしくしてくれるし！

中学生になって変わったなあって思うことは、いっぱいある。

部活ががっつりあること、制服になったこと、先生が教科ごとにちがうこと、あとは塾の時間が遅くなったことも。

でも、一番変わったなあって思うのは、スマホを自由に使えるようになったこと！

小学生のときも持ってたけど、使わないときはほとんどママに預けてたから、自分のものって感じがしなかった。

だけど、今は学校外でも自由に友だちとやりとりができるし、SNSでいろんな情報を見ることだってできる。おもしろい動画をみんなで共有するのも、すっごく楽しい！

スマホでメッセージのやりとりをするのも、もちろん好きなんだけど、手紙も大好き。そりゃあ、スマホで書いたほうが簡単だけど、手書きの文字って、ひとりひとりちがうから、トクベツって感じがするんだよね。

だから、友だちからもらった手紙は、ノートの切れはしでも捨てられない。今までもらった手紙は、ぜ～んぶ『宝箱』のなかに入れて取ってあるんだ♡

（そうそう、さっきのメモも残しておかなきゃ）

わたしはポケットにつっこんだままになっていたメモを取りだして、大事にかばんのなかに移した。

「真菜～、どしたの？　はやく部活行こうよ」

いつの間にか準備をすませたさくらと妃那が、廊下からわたしを呼んでいる。

「あ、ごめん、ごめん。ちょっと待って」

いそいでかばんに教科書をつめこんで、教室をでようとしたところで、足をとめた。

（あれ、湊、また〝ぼっち〟じゃん……！）

窓際の席にひとりで座って本を読んでいるのは、おさななじみの男子・藤澤湊。

おかあさん同士がなかがいいこともあって、保育園のころは、よく一緒に遊んでいた。

湊は、頭もいいし、走るのも速いし、見た目だってそんなに悪くない。なのに、いつもひとりでいて、あんまり友だちとつるんだりしないタイプなんだよね。運動神経がいいから、てっきり体育系の部活に入ると思っていたのに、なぜか読書部に入部した。毎日部活があるのがめんどくさいから、週二回しか活動日がないのがちょうどいいんだって。

そういうところも、ちょっと変わってる。

湊のおかあさんも、マイペースな湊のことを気にしてるみたいで「クラスで浮かないように、気にかけてやってね」ってたのまれたし、ここは声をかけておいたほうがいいよね？

「湊」と名前を呼んだら、だまって顔をあげた。

「もう授業終わったよ。部活、行かないの？」

「ああ、今日はないんだ」

そっけなくこたえて、また視線を本に落とす。読んでいたのは『戦国武将名言集』。こども向けのイラストがあるのじゃなくて、しぶい表紙のガチなやつ。

（またそんなの読んでる……）

「ねっ、七月の登山遠足、どこかのグループに入れたの？」

わたしが言うと、湊は顔もあげずに「どこにも入ってない」とこたえた。

「じゃあさ、わたしのグループに入る？　みんなにたのめば、いいって言ってくれるかもしれないし」

「べつにいいよ。てきとうに、あいてるところに入れてもらうし」

「えっ、でも、しゃべったことない子ばっかりのグループになっちゃうかもしれないよ？」

しつこくいいさがったけど、湊はまゆひとつ動かさない。

「それのなにがいけないんだよ。そもそも山に登るのが目的なんだから、誰と一緒でも関係ないだろ」

（……まあ、そうだけど）

なに、その言い方。こっちは心配して言ってるのに～!!

「あっ、そう。じゃあね、ばいばい」

湊に向かって手を振ったけど、めんどくさそうに手をあげてまた本に没頭しはじめた。

（感じワル！　まったく、そういうことだから、いつもひとりになっちゃうんだよ）

思わずそう言いそうになったけど、ぐっとガマンした。なにを言ったって、マイペースな湊には効果ないってわかってるし。

あ～あ、昔はもうちょっとかわいかったんだけどなあ。

心のなかでグチりながら、待っててくれていたさくらたちのほうへかけよった。放送部の萌も、途中まで一緒に行くみたい。

「ごめんねー、おまたせ」

「平気、平気。……それより、なんで真菜っていっつも藤澤くんに声かけてんの？」

さくらが、教室を振りかえってたずねる。

「おさななじみなんだよ。いつもひとりでいるから心配してるんだけど、声かけても、迷惑そうにされちゃうんだ」

わたしがむくれてみせると、「でもさ、藤澤くんって、ちょっと雰囲気、あるよね」と妃那が言った。

「わかるー！　地味にカッコいいよね」

「クールな一匹狼って感じ？」

「そうそう！」

ふたりが、勝手にもりあがりはじめた。

「えーっ、湊が？」

びっくりしてたずねたら、さくらが「わかってないなあ」と指を振った。

「ねえ？　萌だってそう思うよね？」

さくらが振りかえると、あの萌までが顔を真っ赤にして「うん、カッコいいと思う」って、うなずいた。

（へーっ、湊ってそんなふうに思われてるんだ）

いっつもひとりでいるから、まわりに変なヤツだと思われてるんじゃないかなって勝手に心配してたけど、そうでもないんだ。ちょっとだけ、安心した。

「でもさ～、菊池の前で、藤澤くんに声かけないほうがいいかもよ？」

「そうそう、やきもちやかれちゃうし」

さくらたちにひやかされたけれど、

「それはないって！」

わたしは笑いながら否定した。

わたしにとって湊は、ただのおさななじみ。それ以上でも以下でもない。

「あーあ、真菜はいいよねえ」

さくらに言われて、「えっ、なにが？」と問いかえす。

「男子に人気あるし、先輩たちにもかわいがられてるしさあ」

「おまけに成績もよくて性格もいいもんね。ぜんぶ持ってて、完全クラスのヒロインじゃん」

「そうそう、うちらモブとはおおちがい。あー、世の中不公平だ～」

妃那がおおげさに顔をしかめる。

さくらと妃那は時々こんなふうに自虐ネタを言う。わたしをほめてくれてるのかもしれないけど、そんなふうに言われたらどう返していいかわからなくて困ってしまう。

わたしがだまっていたら、

「実は真菜も心のなかでそう思ってたりして」

さくらが、わたしをにらむ真似をする。

「なんでよ。そんなわけ、ないじゃん」

わたしは、あわてて否定した。

「ほら、それより、はやく部活行こう。先輩が先に来ちゃうよ」

話を変えて歩きだそうとして、あれっと振りかえる。

今、そこの渡り廊下で、誰かがこっちを見ていたような気がしたんだけど……。

(気のせいかな)

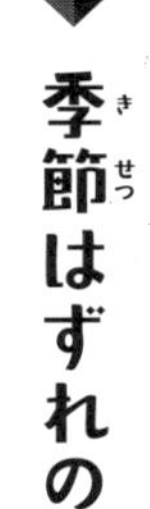

2 季節はずれの転校生

「ねえねえ、今日、転校生が来るみたいだよ」

朝、教室に入ったら、さくらと妃那がすぐにわたしのところへすっとんできた。

「へえ〜。女の子？　男の子？」

席につきながらわたしがたずねると、

「それがさー、女子みたいなんだよね。さっき、日直のあーこが職員室に行ったら、担任が知らない子にプリント渡してなんか説明してるとこ、見たんだって」

「それ、絶対転校生だよね？」

さくらと妃那が競いあうようにさわぎたてる。

（ふーん、こんな時期に転校してくるなんて、めずらしいな）

入学して一か月ちょっと。

中学生になったばかりのころのそわそわした感じも落ち着いて、クラスの女子グループは、すっかり固定してしまっている。部活だって、ほとんどの子たちが本入部したし。そんななかに、転校してくるなんて、きっと不安だろうなあ……。

（そうだ。わたしから、声をかけてみようっと）

✦ ✕ ✕ ✕ ✦ ✕ ✕ ✕ ✦ ✕ ✦ ✕ ✕ ✕ ✦

「小鳥遊はなです。よろしくお願いします」

黒板に書かれた名前とその子の姿を見くらべて、わたしの胸はほわっとあたたかい気持ちでいっぱいになった。

（名前も雰囲気も、すっごくかわいい！）

小鳥遊はなさんは、小柄で、髪がサラサラで、笑顔がとってもかわいい女の子だった。『名は体を表す』ってことわざがあるけれど、ホントに小鳥みたい！

小鳥遊さんは先生に指示されて、廊下側の一番うしろの席についた。わたしの席からすこし離れているけれど、背筋をのばしてちらちらと横目でぬすみ見る。

ほんのりほおが赤くなっているのは、みんなの前で自己紹介したあとだからかな？

部活はなにに入るんだろう？　友だちになれるといいなあ。

あれこれ考えながら小鳥遊さんの横顔を見ていて、あっと声をだしそうになった。

小鳥遊さんがかばんから取りだしたのは、なんとわたしと同じパンダのぬいぐるみ型のペンケース！　入学前、わざわざママに原宿までつれていってもらって買ってきた、ブランド限定のペンケースだ。

（うそー。小鳥遊さんも原宿で買ったんだ！）

あまりメジャーなブランドではないし、限定品まで買う子は、わたしのまわりにはなかなかいない。シャーペンもわたしと色ちがいだし、もしかしたら、趣味が合うかも！

休み時間になって、わたしはさっそくペンケースを持って小鳥遊さんの机へ向かった。

「ねえ、それって原宿限定のだよね？」

わたしが声をかけると、小鳥遊さんはわたしが手に持っているペンケースを見て、ぱあっと目を輝かせた。

「うん、そうだよ。ここのブランド、好きなんだ」

「わたしも！　かわいいよねえ」

そこまで言ったところで、ハッと気がついた。

やだ、わたし、まだ自分の名前、言ってなかった……！

「……あ、ごめんね、いきなり。わたし、伊藤真菜。真菜って呼んで！　知らない子ばっかりで不安かもしれないけど、わからないことがあったら、なんでも聞いてね」

こわがらせないように自然に笑いかけたつもりだったけど、小鳥遊さんは、戸惑ったような表情になった。

（あれ、反応うすい。グイグイいきすぎだったかな？）

今度はなるべく感じよく見える笑顔をつくってつづけた。

「小鳥遊さんは、この町、初めてだよね。前の学校では、なんて呼ばれてたの？」

すると、今度はあきらかに表情がかたまってしまった。

（もしかして、前の学校のこと、思いださせちゃったかな）

そりゃあそうだよね。入学してすぐ転校しなきゃいけなかったんだし。

わたしは、あわててつけたしした。

「小鳥遊さんって、すっごくかわいい苗字だね。雰囲気に、ぴったり！　よかったら、『小鳥ちゃん』って呼んでもいい？」

すると、わたしの背後から「さんせーい！」と声がした。

おどろいて振りむくと、さくらと妃那が手をあげていた。

「『小鳥ちゃん』って呼び方、すっごいかわいい」

「うちらもそう呼んでいいかな」

ふたりも会話に入ってきた。そのうしろから、萌も遠慮がちに顔をのぞかせる。

「……あ、うん。いいよ」

小鳥ちゃんがうなずいたのを見て、わたしたちは「決まり～！」と手をたたきあった。

「えっと、みんなを紹介するね。こっちがさくらで、こっちが妃那。あと、この子は萌だよ。小鳥ちゃん、これからよろしくく！」

わたしが小鳥ちゃんに向かってひとりずつ紹介すると、小鳥ちゃんはさっきまでのかたい表情をくずして、目じりをさげた。

「うん、こちらこそよろしく～」

（よかった。さっきは緊張してたんだね）

そりゃあこんな中途半端な時期に引っ越してきたんだもん。友だちができるかどうか、不安でいっぱいだよね。

小鳥ちゃん、かわいくていい子みたいだし、なによりわたしと好みが似ているし。なかよくなれそう！

そのあと、わたしたちは休み時間のたびに小鳥ちゃんの机のまわりに集まって、どの教科の先生がこわいとか、宿題が多いとか、小鳥ちゃんに教えてあげた。

小鳥ちゃんは名前のとおり、小鳥みたいにかよわくておとなしそうに見えるけど、意外とよくしゃべる子で、ちょっと天然なところがある。

たとえば歩きながらハミングしてるから、「それ、なんの曲？」って聞いたら、「え、わたし、今歌ってた？」なんて言ったりするし！

そういうギャップがおもしろくて、すぐになかよくなれたんだよね。

今までの四人グループでも楽しかったけど、これから、この五人ですごせるって思ったら楽しみすぎる……！

（あ〜、中学生になって、よかった♪）

✦ ✦ ✦

翌日から、わたしたち五人は教室移動やトイレなど、どこに行くのも一緒になった。

わたしと小鳥ちゃんは趣味がよく似ていて、話が合う。ペンケースだけじゃなくて、好きなアイドルやアーティスト、好きな色まで同じなのにはびっくりした。

なんでこんなに趣味が合うんだろう？　まだ友だちになってそんなに時間がたっていないのに、まるで昔からの親友みたいだ。

小鳥ちゃんが転校してくるまでは、萌と一番なかがよかったのに、いつの間にかグループのなかで、わたしと小鳥ちゃんはすっかりコンビになってしまった。萌に申し訳ないなって思ってなるべく三人で話すようにしても、萌は自分からはあまりしゃべらないタイプだから、自然とわたしと小鳥ちゃんだけの会話になってしまう。

（……でも、萌もにこにこしてるし、大丈夫だよね）

✦ ✕ ✕ ✕ ✦

小鳥ちゃんが転校してきて半月ほど。今日は、ぜんぶの部活が休みになる土曜日。

そんな日、めったにないからって五人でショッピングモールに行くことになった。このメンバーで遊びに行くのは初めて！

みんな、どんな私服で来るのかな？　ってドキドキしながら、待ち合わせ場所のコンビニで待っていたら……。

（えっ、うそ！）

こちらに向かって走ってくる小鳥ちゃんのファッションは、白と紺のボーダーシャツとデニムのスカート。わたしとまったく同じコーディネートだ。

黒いリュックまで同じなのには、さすがに気まずくて苦笑いしてしまった。

「そんなこと、ある!?」

「ホントは、ふたりでおそろいにしようって約束したんじゃないの？」

なんてさくらたちに怪しまれたけど、もちろん約束なんてしてない。ホントのホントにぐうぜんだったんだから！

早速みんなでプリを撮ってから、フードコートでごはんを食べることになった。そこでもやっぱりわたしと小鳥ちゃんは同じメニューを選んでしまい、「真菜と小鳥ちゃんって、双子みたいだよねえ」って、みんなで笑いあう。

さくらたち三人がトイレに行っている間、小鳥ちゃんとベンチに座って待っていた。小鳥ちゃんがハミングしながらリュックを探る。なかから取りだしたスマホケースに目がとまった。

「あれっ、そのスマホケース……」

わたしの言葉に、小鳥ちゃんがうれしそうにうなずいた。

「かわいいでしょ？　このキャラなかなか売ってなくて、ネットでめちゃくちゃ探したんだよ」

そう言ってわたしにスマホを差しだした。

ベビーピンクに白のドット柄。そこに何匹かパンダがまざっているデザインだ。

「うそ。これって『パンダーズ』じゃない？」

「そうだよ！　真菜ちゃんも知ってるの？」

「知ってるよ～。わたしもこれ、ほしかったんだ」

動画サイトで人気のモデルの子が持っているレアなスマホケース。ネットで調べたらわたしのおこづかいで買うにはずいぶん高かった。だから、つぎのお誕生日に、ママにこのスマホケースを買ってもらう約束、してたんだよね。

「わたしもこれ、お年玉貯金をおろして買ったんだよ」

（そっかあ）

ほしいと思ってたけど、小鳥ちゃんが持っているならあきらめるしかない。そう思っていたら、小鳥ちゃんが「そうだ」と手を合わせた。

「真菜ちゃんもこれ、買えば？　そしたら、オソロになるし！」

はずんだ声でそう言われたけど、わたしは「う〜ん、それはいいや」と断った。

「え、なんで？　まったく同じが嫌だったら色ちがいにすれば？　ブルーとかラベンダーとかのくすみカラーもあったよ？」

気をつかってくれたのか、小鳥ちゃんがスマホで商品を検索して見せてくれた。

「そうなんだけど、先に小鳥ちゃんが持ってたものをわたしが買ったら、真似っこになるし。だから、いいよ。もうひとつ、ほしいと思ってたリュックのほうを、プレゼントしてもらうから」

本音を言えば、小鳥ちゃんが言ってくれたように色ちがいにしたかった。けど、もしも反対の立場だったら自分が先に買ったものをあとから真似されるのって嫌だろうし、グループのなかでわたしたちだけがおそろいにするのって、ぐうぜんは別として、他の子たちからしたら、気分悪いだろうなって思ったし。

「……そんなの、気にしなくていいのに」

小鳥ちゃんは、残念そうにシュンとした。わたしに悪いと思ったのかな？　けど、スマホケースなんて他にもいくらでもあるもんね。

「いいの、いいの。あ、ほら、見て。かわりに、このショップのリュック買ってもらうから」

わたしは二番目にほしいと思っていたリュックの画像を見せた。

「……ふーん、そうなんだ」

小鳥ちゃんが、画像を見て急に真顔になった。

(ん？)

いつもにこにこ笑っている小鳥ちゃんだけど、今みたいに、時々表情がかたまることがある。

(もしかして、無理させてるのかな……？)

よく考えたら、転校してきてまだ半月だもん。すんなりなじんでるように見えるけど、小鳥ちゃんなりに気をはっているのかもしれない。

「あれー、なにしゃべってんの」

トイレからさくらたちがもどってきた。

「ううん、なんでもない。つぎ、どこ行こっか」

わたしたちも立ちあがって、さくらたちに合流した。

それっきり、わたしはそのやりとりのことなんてすっかり忘れていたんだけど……。

3 のけものにされてる？

数日後、小鳥ちゃんが教室に入ってきたとき、わたしは自分の目を疑った。

（……うそ。なんで？）

小鳥ちゃんが背負っている新しいリュックが、あの日、わたしがスマホケースのかわりに、誕生日に買ってもらうって伝えたものと同じだったから。

あのとき画像まで見せて、ブランド名も、どの色にするかも、ちゃんと伝えたはず。なのに、小鳥ちゃんは、まさしくそのブランドのわたしがほしかった色のリュックを背負っていた。

わたしの誕生日は来月だ。

ママには、これがほしいってもう伝えてあるけれど、実際に手に入るのは誕生日当日。だから、まだわたしのものではない。

でも、これを買ってもらうつもりでいるって伝えてるのに、どうして小鳥ちゃんはそのリュックを買ったんだろう？

「おしゃれー、色もいいね」

「小鳥ちゃんに似合ってる」

「すごくかわいい」

なんにも知らないさくらたちが、小鳥ちゃんの新しいリュックをほめている。

だけど、わたしはどうしても言わずにはいられなかった。

「それ、この間、誕生日に買ってもらうつもりなんだって、わたし話したよね。なのに、小鳥ちゃんも同じの買ったの？」

言ってから、しまったと思った。

気が動転して、言葉を選ぶ余裕がなかったから、もしかしたらキツイ言い方になっていたのかもしれない。

すると、小鳥ちゃんは泣きそうな顔になって手を合わせた。

「ごめんね、真菜ちゃん！」

うるんだ瞳の小鳥ちゃんが、わたしを見つめる。

「転校のお祝いにもらったんだ。真菜ちゃんが誕プレにたのむつもりだって聞いてたから、もらったときはどうしようって思ったけど、使わないのも、せっかく選んでくれたおじいちゃんに悪くて……」

「えっ、おじいちゃんがくれたの？」

わたしは、おどろいて小鳥ちゃんのリュックを見た。

そのリュックは、中高生に人気があるブランドのものだ。近くにはショップがないから、ネットでしか買えない。

そんなレアなリュックを、それもわざわざわたしがほしかった色をおじいちゃんが選ぶなんて、そんなぐうぜん、あるんだろうか？

……ううん、小鳥ちゃんがねだらないかぎり、絶対ないと思う。

小鳥ちゃんは、今にも泣きそうな顔でわたしを見ている。

（いやいや、疑っちゃだめだよね）

小鳥ちゃんとわたしは、好みが似てるんだもん。もしかしたら本当にぐうぜん、おじいちゃんがこのリュックを見つけて小鳥ちゃんに似合うと思って買ったのかもしれない。

わたしは大きく息をはきだしてから、「ごめん」と頭をさげた。

「嫌な言い方しちゃったね。こっちこそ、ごめん」

もう一度頭をさげたら、小鳥ちゃんはさっきまでの泣きそうな顔が、うそみたいにぱあっと晴れて笑顔になった。

「そんなの、いいよ。それより、わたしは気にしないから、予定どおり、同じの買ってもらえばいいんじゃない？　そしたら、オソロになるよ！」

そう言って、身を乗りだしてきた。

（……え、またオソロ？）

たしか、スマホケースのときも同じこと、言ってなかった……？

わたしは笑顔をつくって、ううんと首を横に振った。

「最初からおそろいならわかるけど、もう小鳥ちゃんが使ってるものなのに、わたしがあとから買ったら、真似になるし。ねえ？」

そばでわたしたちのやりとりを見ていたさくらたちに話を振ったら、みんなは顔を見合わせて、「うーん、どうだろ……」と微妙な返事をした。

「そんなの、誰も気にしないよ！　ねえ？」

今度は小鳥ちゃんが、さくらたちに強めにたずねる。

さくらたちは「うーん、どうだろ……」とさっきと同じ返事をした。わたしと小鳥ちゃんの間にはさまれて、困ってるみたいだ。

「悪いけど、本当にいいよ。今使ってるリュック、小学校のころから同じだから新しいのがほし

「ねえねえ、それより昨日アップされたリナスンのダンス動画、観た？　あの振りつけ、むずかしそうだよねえ」

言い訳するように言って、わたしはすぐに話題を変えた。

いって思ったけど、よく考えたら、まだ使えるし」

みんなはちがう話題になったことにホッとしたようで、わたしの話に乗ってくれた。だけどそのとなりで小鳥ちゃんは、かたい表情でリュックを抱えてだまっている。

（気を悪くさせちゃったかな……。でも）

この間のスマホケースのことといい、今回のことといい、小鳥ちゃんは、なかのいい子とオソロにしたいタイプのようだ。

たまにショッピングモールでも、全身おそろいにしている女の子たちを見かけるけど、わたしは誰かと持ち物がかぶっちゃうのって好きじゃない。最初からおそろいにしようって決めて買うのなら、いいのかもしれないけど、それだってあまりしたいとは思わない。

（帰ったら、ママにあのリュック、まだキャンセルできるか聞いてみよう）

じゃないと、せっかくプレゼントしてもらっても使えないし。

まだリュックを抱えたままだまりこんでいる小鳥ちゃんを見る。

べつに、小鳥ちゃんが悪いわけじゃない。

ぐうぜん、ほしかったものがかぶっただけ。

なのに、なんでこんなにモヤッとしてしまうんだろう?

こんなことをいちいち気にするわたしが悪いのかな?

そう思ったけど、よく考えたらあたりまえだ。まだ小鳥ちゃんと友だちになって、半月ちょっとしかたっていないんだから。

(ちょっとずつ、なかよくなっていけばいいよね)

わたしはそう思いなおして、もうそれ以上深く考えないようにした。

✦ × ✕ ✦ × ✕ × ✦ × ✦ ✕ × × ✦

夏服移行期間も終わって、制服が半そでに変わった。ブレザーを着るのも中学生っぽくてよかったんだけど、わたしは、夏服のほうが好きなんだよね。

通学路を歩いていたら、「おはよう」って言いながら、萌が前からかけてきた。

「おはよう。あれっ、萌んち、学校の近くでしょ? なんでここにいるの?」

ふしぎに思ってたずねたら、「だって」と萌がうつむいた。

「小鳥ちゃんが来てから、学校で、真菜となかなか話できなくなっちゃったし、たまにはふたりで話したいなあと思って」

「……あ、そうだよね。ごめん」

わたしもそのことは、ずっと気になっていた。

小鳥ちゃんが転校してくるまでは、わたしと萌、さくらと妃那がなんとなくペアになっていたのに、小鳥ちゃんが来てから、萌はさくらと妃那のなかに無理やり入れさせてもらってるみたいな感じになっていたから。

萌はわたしたちのグループのなかでは一番おとなしい。だから、気が強くてガンガンしゃべるさくらと妃那の間に入るのはしんどいだろうなあって心配していたのだ。

「ううん、真菜があやまることじゃないよ。奇数のグループなんだから、しょうがないよね」

心のなかでは、きっともやもやしてただろうに、萌は文句も言わずにほほえんでくれた。萌のこういうところ、いいなあって思う。

「それより、あの約束、覚えてる？」

「もちろんだよ。忘れるわけ、ないじゃん！」

ふたりで、ふふっと笑いあう。

わたしと萌が今一番推してるウェブ漫画『おじょうさま、降臨！』が、もうすぐ映画になる。

入学してすぐ、わたしと萌は一番はじめに友だちになった。そのときに、今ハマってるものの話になって、ウェブ漫画の話題でめちゃくちゃもりあがった。少年漫画だし、そんなにメジャーでもないから、さくらと妃那は興味ないみたい。でも、毎週漫画がアップされるたびに夢中で読んでたわたしたちは六月に映画化されるって知ったときに、公開されたら、絶対行こうって話してたんだよね。

「ねっ、映画観たあと、プリ撮らない？　今までふたりだけで撮ったこと、なかったもんね」

わたしが提案すると、萌がぱっと笑顔になった。

「わあ、そうしよう！　あとね、シネコンが入ってるモールに、最近クリームソーダ専門店ができたんだよ。いろんなフレーバーのソーダがあって、カラフルでかわいいの。トッピングも選べるんだって」

「えーっ！　それ、絶対おしゃれなやつ〜。じゃあ、そこも行こうよ」

ふたりでわいわいもりあがる。

萌は五人でいるときは自分からあまり話をしないけど、わたしとふたりのときは、いつもよりずっとおしゃべりになるんだよね。

「じゃあさ、テスト前だけど今週末の日曜日は？」

萌に聞かれて、わたしは「あー」と声をあげた。

「ごめん。言ってなかったっけ？　わたし、日曜日は、いとこんちでバーベキューする約束があるんだ。土曜日じゃ、だめ？」

すると、萌ががっかりしたように肩を落とした。

「うーん、わたし、土曜日に、おばあちゃんちに行くことになってるんだよ。ごめん」

「そっかあ。じゃあ、テスト期間中になっちゃうけど来週にする？」

「残念だけど、そうするしかないよね」

ふたりでしょんぼりしていたら、

「おはよう〜」

すぐうしろから声がして、びくっと肩がはねあがった。振りかえると、いつの間にいたのか、小鳥ちゃんがわたしたちのすぐうしろで、にっこりほほえんでいた。

「あ、おはよう」

「ふたりで、なに話してたの？」

小鳥ちゃんが、わたしたちに向かって首をかしげる。

「えっと……」

萌が戸惑ったようにわたしを見たので、すかさず「なんでもないよ」と笑いかえした。

秘密ってわけじゃないけど、この映画は萌とふたりで行こうって約束してたんだもん。小鳥ちゃんには言わないほうがいいかも。なんとなくそう思っていたら。

「ねえ。『おじょうさま、降臨！』ってウェブの漫画、知ってる？」

小鳥ちゃんがポケットを探りながら言った。

「えっ」

わたしと萌は、おどろいて視線を合わせた。

あまりにタイミングがよすぎてびっくりしたけど、知らないと言うのもうそになるので、うなずいた。

「うん、知ってるけど……、なんで？」

すると、小鳥ちゃんがポケットからチケットを取りだした。

「実はさ、その漫画が原作の映画のチケットもらっちゃったんだ。一緒に観に行かないかなと思って。……あ、でも、三枚しかないし、妃那ちゃんとさくらちゃんには声をかけないでおこうかなって思ってるんだけど」

（どうする？）

小鳥ちゃんにわからないように横目で見ると、萌はかすかにうなずいた。本当はふたりで行く約束だったけど、チケットをもらえるなら三人でもいいってことだよね。

「……そのチケット、わたしたちがもらっていいの？」

言葉を選んでたずねたら、

「もちろん！　タダで観られるよ」

小鳥ちゃんが、にっこり笑う。

映画代はまあまあ高い。一か月のおこづかいの半分はなくなっちゃうから、タダでもらえるなんてありがたすぎる！

「行きたい！」

「わたしも！」

萌とわたしが同時に言うと、小鳥ちゃんがうれしそうにうなずいた。

「わあ、よかった」

その笑顔を見ていたら、さっきとっさに小鳥ちゃんに秘密にしようとしていたのが申し訳なくなってきた。

「実は、観に行けたらいいなあってふたりで言ってたんだよね」

正直に伝えたら、一瞬真顔になったあと、小鳥ちゃんが、「でもね」とまつ毛をふせた。

「このチケット、日にち指定なんだ。テスト前で悪いけど、今週末の日曜日しか使えないの」

「……えっ」

思わず言葉につまる。

日曜日？

なんでよりによって？

わたしが行けない日じゃん……！

「……ごめん。わたし、日曜日、予定あるんだ」

しかたなくそう言うと、小鳥ちゃんは「そっかあ。じゃあ、しょうがないね」と言ってから、
すかさず萌のほうへ体を寄せた。

「萌ちゃんは？」

「わたしは……」

萌が戸惑った表情で、わたしを見る。

きっと、わたしに気をつかってくれてるんだろう。

本音を言えば、断ってほしい。でも、小鳥ちゃんと行けば、萌はタダで映画を観られるんだ。

わたしのわがままに萌をつきあわせるのは悪い。

わたしは笑って萌の肩を押した。

「萌は行けるよ。ねっ」

「そうだけど……。いいの？」

申し訳なさそうにわたしを見つめる萌に、にっこり笑ってみせた。

「いいも悪いも、ないよ。ふたりで行ってきて」

すると、萌がホッとしたような表情で小鳥ちゃんに向きなおる。

「わたしは、行けるよ。チケット、本当にもらっていいのかな」

「もちろんだよ。行こう、行こう。……ごめんね、真菜ちゃん。一緒に行けなくて」

小鳥ちゃんが、わたしに向かって手を合わせる。わたしは、あわてて手を振った。

「ううん、しかたないよ。ふたりで楽しんできて」

言いながら、胸がちくんとした。

本当は、わたしが萌と行くはずだったんだけどな。……しかたないけど。

翌週の月曜日、学校へ向かう道を歩いていたら、ちょうど萌が正門前の大通りで信号待ちしているのが見えた。

「……萌！」

昨日の夜はばたばたしていて連絡しそびれたけど、映画がどうだったか萌に聞きたかったのだ。

声をかけようとしたところでふいに現れた小鳥ちゃんが萌にかけより、となりにならぶ。とたんに萌は笑顔になって、ふたりで楽しそうにならんで歩きだした。

信号が青になってこっちに向かって歩いて来るのに、よっぽど話に夢中になっているのだろう。ふたりはわたしがいることに気がつかず、そのまま通りすぎていく。わたしは、いそいでふたりのあとを追いかけた。

「おはよう」

背中をぽんとたたくと、萌がおどろいたように振りかえった。

「あ、おはよう、真菜」

「わたし、ずっとここに立ってたんだよ？」

つい、責めるような口調になる。

「……あ、ごめん。気がつかなくて」

萌が申し訳なさそうに肩をすぼめた。

すると、すかさず小鳥ちゃんが、「だっておしゃべりに夢中だったんだもん、萌が悪いわけじゃないでしょ」と萌をかばった。

その言葉に、胸がざわつく。

（え、小鳥ちゃん、ついこの前まで『萌ちゃん』って言ってたのに、呼びすてになってる……。一日で、そんなになかよくなったんだ）

それからも、ふたりはずっと、昨日どれだけ楽しかったかという話をつづけた。三人で歩いているのに、わたしだけのけものにされているみたいな気分になる。

（……そりゃあ、その日に行けなかったわたしが悪いけどさ）

昨日、バーベキューをしているときに、小鳥ちゃんから何度もメッセージが送られてきた。

『今から待ち合わせだよ』とか、『今、ふたりでパスタ食べてるよ』とか。

『プリも撮ったよ』というメッセージとともに、ふたりが顔を寄せあっている画像も送られてきた。他にも、カラフルなクリームソーダを手にしているところとか、映画のポスターの前でポーズを取るふたりとか。

小鳥ちゃんは行けなかったわたしを気づかって送ってくれたのかもしれないけど、正直言って、いい気はしなかった。

前を歩くふたりを見ていたら、そのときの気持ちがよみがえる。

(……ずるいよ。小鳥ちゃん。本当はわたしが萌と行くはずだったのに。まるで、自慢してるみたいじゃん)

そう思ってから、ぶるぶると首を横に振る。

やだやだ。わたしったら、今、すっごく性格悪いこと考えてた。小鳥ちゃんのことを悪く思うなんて、筋ちがいもいいところだ。

「真菜、どうしたの?」

「いそがないと、遅刻しちゃうよ」

すこし先で、萌と小鳥ちゃんがふしぎそうな顔で立ちどまって、わたしを待ってくれていた。

ほらね。ふたりはちゃんとわたしのことを気にかけてくれている。自慢してるだなんて、気のせいだ。

「ごめん、ごめん。ぼーっとしてた」

ごまかすようにそう言うと、わたしは、いそいでふたりのあとを追いかけた。

4 先輩の呼びだし

中間テストが終わったつぎの週。朝、教室に足を踏みいれて、ドキッとした。

小鳥ちゃんが、髪をばっさり切っている。

……それは、いいんだけど。

「えーっ、小鳥ちゃん、髪切ったんだ」

「っていうか、うしろから見たら真菜にそっくり！」

「もはや、ドッペルゲンガーでしょ」

妃那とさくらが、手をたたいて爆笑する。

「ホント？　似てるかな？」

小鳥ちゃんが声をはずませ、わたしのとなりにならぶ。

「うん、そっくり！」

「マジでどっちがどっちかわかんない」

クラスの他の子たちまで、さわぎだした。

小鳥ちゃんは似てると言われてうれしそうにしてるけど、わたしは正直落ち着かない。

たしかにみんなが言うように、耳の横あたりのふくらみとか、前髪の長さとか、襟足の雰囲気とか、わたしの真似をしたの？　って思うくらいそっくりだ。

「せっかくサラサラの髪だったのに、どうして短くしちゃったの？」

わたしがたずねると、小鳥ちゃんは、ほっぺたにひとさし指をあてて首をかしげた。

「最近暑くなってきたでしょ。だから、美容師さんに短くしてくださいってオーダーしたら、ぐうぜん、真菜ちゃんみたいになったんだ」

（そりゃあそっか）

小鳥ちゃんがどこの美容室で切ったのかはわからないけど、芸能人でもないわたしの髪型なんて、美容師さんが知るわけないよね。

わたしの真似をしただなんて、自意識過剰だったかも。

そう反省していたら、

「わあ、小鳥ちゃん、やっぱ、切ったんだ」

教室に入るなり、萌が小鳥ちゃんのそばにかけよった。

「え、萌は小鳥ちゃんが髪を切ること、知ってたの？」

わたしがたずねたら、萌は当然のようにうなずいた。

「うん。映画行ったときも、その話してたんだよね」

ねー、とふたりが顔を見合わせる。

「……そう、なんだ」

わたしの知らない間に、萌と小鳥ちゃんがなかよくなってると思ったら、胸にちくりと痛みが走る。

ついこの間までは、わたしと小鳥ちゃんが一緒にいることが多かったのに、映画を観に行ってからは、萌と小鳥ちゃんが一緒にいることが多くなった。

萌をひとりにしてしまってることを気にはしていたけど、そこまで深くは考えていなかった。

あのとき、萌は今のわたしみたいな気持ちだったのかな……？

そう思ったら、いまさらだけど申し訳ない気持ちになる。

さくらたちは、まだ小鳥ちゃんの新しい髪型でもりあがっている。

わたしはその話題に乗りきれなくて、すこし離れたところでつっ立っていた。手持ち無沙汰で、何気なくスカートのポケットに手を入れてみたら、指先になにかがあたる。

（あれっ、ポケットになにか入ってる）

ふしぎに思ってだしてみたら、それはハート形に折った手のひらサイズの真っ赤な折り紙だった。まるで定規を使って書いたみたいなカクカクした文字で『stand by me』と書いてある。

（こんなの、いつポケットに入れたっけ？）

まったく記憶がない。

そこで、チャイムが鳴った。

わたしはポケットにそのハート形の折り紙を押しこむと、いそいで自分の席へともどった。


その日は、もうひとつ変わったことがあった。

小鳥ちゃんが、わたしと同じダンス部に入部してきたのだ。

たまに、「わたしもダンス部に入ろうかな」とは言っていたけれど、本気になんてしていなかった。だって小鳥ちゃんはおとなしそうに見えるし、ヒップホップやブレイキンを踊るところなんて、まったく想像できなかったから。

「ホントに入部するの？」

放課後、部室に向かう途中で小鳥ちゃんにたずねてみた。

「うん。やってみたいなあって思ってたし」

そう言って、にっこりほほえむ。

「そっかあ」

わたしがぎこちなく笑いかえすと、小鳥ちゃんは心配そうにわたしの顔をのぞきこんできた。

「……もしかして、わたしが入部するの、嫌かな？」

「まさかあ」

ドキッとしたけど、わたしは笑顔をつくって否定した。

「もちろん、うれしいよ」

そう言いながら、目のあたりがピクピクけいれんする。

最近、小鳥ちゃんに対して、ずっとモヤッとしていた。

わたしのほしかったスマホケースを先に使いだしたり、わたしが買ってもらおうとしていたリュックを背負ってきたり。萌とばかりなかよくしているのも、おもしろくない。

今まで友だちのことを悪く思うことなんてほとんどなかったのに、最近のわたしは、小鳥ちゃんの一挙手一投足が気になってしまう。

そんななか、部活だけは、小鳥ちゃんのことを気にせず、のびのびできていたのに……。

（あ～、ダメダメ。そんなふうに考えちゃ）

わたしは気を取りなおして、小鳥ちゃんに部室の使い方や練習前の準備のしかたなんかを教えてあげた。

そうしている間に、先輩たちが集まってきた。小鳥ちゃんが呼ばれて、練習前に自己紹介をはじめる。

「一年三組の小鳥遊はなです。みんなからは小鳥ちゃんと呼ばれています。どうぞよろしくお願いいたします」

小鳥ちゃんがそうあいさつすると、先輩たちが、わっと声をあげた。

「なんか、真菜ちんに似てない？」

「小鳥ちゃんだって。かわいいね」

「癒されるわあ」

普段クールな感じの先輩たちが、小鳥ちゃんを取りかこむ。

「わかんないことあったら、なんでも聞いてね」

キャプテンの沙良先輩が言うと、小鳥ちゃんは目を輝かせて大きくうなずいた。

「はい！　ありがとうございます！」

とたんに先輩たちがどっと笑った。

「なんか、しゃべり方も、真菜ちんに似てない？」

「クローンみたい」

その何気ない一言に、胸の奥がチリッとした。

自分がどんな話し方をしているかなんて、今まで意識したことなかったけど、そう言われてみれば、ちょっと似てるかもしれない。髪型といい、雰囲気といい、まるで鏡に映った自分を見ているみたいだ。

（……もしかして、小鳥ちゃん、わたしの真似してる？）

だけど、まわりの子たちはそうは思っていないようだ。わたしと似てるとは言うけれど、それを不自然には思っていないみたい。

（……わたしが気にしすぎなのかな）

小鳥ちゃんが入部して一週間。

小鳥ちゃんは意外と運動神経がいいようで、たった一週間で四月に入部したわたしたちとほぼ同じくらい踊れるようになっていた。

といっても、わたしたちはまだオリジナルの振りをさせてもらっているわけではなく、ほとんどが筋トレやストレッチ、それから基本のステップの練習ばかりだけど。先輩たちにもかわいがられているみたいで、よく話しかけられている。

前までは、一年生のなかでわたしが一番先輩たちに話しかけてもらっていたのになあなんて、ちょっといじけたことを考えてしまう。

お弁当を食べおえて、教室でいつものようにみんなとたわいもないおしゃべりをしているときだった。

「真菜ちん、ちょっといいかな」

その声に顔をあげると、教室のうしろのドアに二年の先輩たちが数人立っていた。秋先輩、瀬奈先輩、優花里先輩、レイラ先輩だ。

(……なんだろ?)

部活の連絡かな？　だったら、さくらたちもいるのに、どうしてわたしだけなんだろ？

「はい。なんですか？」

ふしぎに思って自分の席からこたえたら、

「いいから、こっち来いって言ってんの！」

するどい目つきで怒鳴る秋先輩の声が教室中に響きわたり、それまでざわめいていた教室がしんと静まりかえった。

「……すみません！」

わたしはいそいで立ちあがり、先輩たちのほうへかけよった。

だけど、心臓が痛いくらい脈打って、口から飛びだしそうになる。

秋先輩は、二年の先輩たちのなかでも一番目立つ存在だ。幼稚園のころからダンススクールに通っていたから、部活のなかでもダントツにうまい。今、先輩たちが練習してるダンスの振りもほとんど秋先輩が考えている。

わたしたち一年生にも時々教えてくれるけど、口調がキツイから、みんなは「秋先輩ってちょっとこわいよね」なんて言っている。

でも、わたしはそうは思わない。

秋先輩は、たしかにキツイところはあるけれど、それはダンスが好きだから。真面目にレッスンをしていたら、ちゃんとほめてくれるし、嫌な性格の人じゃない。学校のどこかで会えば、いつも「真菜ちん」って手を振ってくれるし。

なのに、なんであんなに怒ってるんだろう?

秋先輩に怒られる理由なんて、まったく心あたりがない。

先輩たちにうながされて廊下へでると、わたしは取りかこまれるようにして、廊下のすみにつれていかれた。

「あのさ」

秋先輩は、長い髪をかきあげてから言った。

「あんた、うちらの悪口、言ってたらしいじゃん?」

「え?」

意味がわからず問いかえす。

「悪口って……、どういうことですか?」

「どういうことか、聞きたいのはこっちだって」

秋先輩のとなりで、レイラ先輩が低い声で言う。

「すみません。でも、わたし、本当になんのことかわからなくて」

震えそうになるのを必死で押しとどめ、声をしぼりだす。

「うそつくなよ。あんた、うちらが筋トレ、サボってるって言ってたらしいじゃん」

秋先輩の言葉に、頭が真っ白になる。

(筋トレ？　先輩たちが？)

一生懸命思いだそうとするけれど、そんなこと、言った覚えなんてない。

「言ってません」

すぐに否定すると、秋先輩がわたしをにらみつけた。

「正直に言えよ。この間の雨の日、二年はミーティングで一年だけが筋トレなんてずるいってグチってたんだろ」

そう言われて、あっと思いだした。

数日前のことだ。

その日の部活は雨で、いつもダンス部が使っている体育館横にある広場が使えなかった。

三年の先輩たちは、もうすぐ引退前のイベントがある。その振りつけのチェックをするために、視聴覚室に移動することになった。

視聴覚室には全員入れないから、イベントにでないメンバーは、渡り廊下で筋トレをするよう

に言われたのだ。

渡り廊下はせまい。

残りのメンバー全員で筋トレをするのはむずかしいからといって、結局二年の先輩たちはきゅうきょミーティングをすることになった。

そのとき、わたしは小鳥ちゃんに言ったのだ。

「わたしたちだけが筋トレって、なんだか二年の先輩たちに悪いね」って。

筋トレは大事なメニューだ。なのに、せまいからってわたしたち一年生に場所をゆずってもらって、先輩たちが筋トレできないのは、申し訳ないなって思ったから。

もちろん、先輩たちがサボってるって意味で言ったんじゃない。

「ち、ちがいます。そういう意味で言ったんじゃなくて……」

説明しようとしたけれど、すぐに優花里先輩にさえぎられた。

「そういう意味って……。じゃあ、やっぱ、言ったんじゃん」

「そうじゃなくて……！」

説明するすきも与えてもらえず、秋先輩は肩を揺らして大きなため息をついた。

「あんたがそんな子って、思わなかった。ガッカリしたよ」

捨てぜりふのようにそう言うと、わたしに背を向けて歩きだした。他の先輩たちも、わたしをにらみつけてから、そのあとについていく。

(……そんな!)

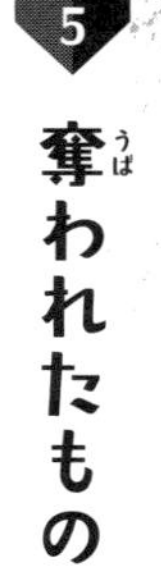

5 奪われたもの

わたしはすぐに教室にもどって、小鳥ちゃんにつめよった。

「ちょっと、小鳥ちゃん、どういうこと？」

「どういうことって、なにが？」

小鳥ちゃんが、おびえたような表情で、わたしを見あげる。

「わたしが言ったこと、悪口みたいに聞こえるようにして、先輩たちに告げ口したんでしょ？
なんでそんなこと、言ったの？」

頭に血がのぼって、言葉がきつくなってしまった。だけど、かまわない。だって、わたしは悪口なんて言ってない。小鳥ちゃんだって、あのとき悪口だと思って聞いてはいなかったはずだ。なのにどうしてそんなうそをついたのか、説明してもらわないと、このままではわたしが悪者にされてしまう。

「……そんなつもりで言ったんじゃないよ」

小鳥ちゃんは蚊の鳴くような声でこたえた。

「じゃあ、どんなつもりで言ったの？」

小鳥ちゃんのとなりに座っていたさくらと妃那が、まゆをひそめたのが目のはしに映ったけど、それでもかまわずつづけた。

「わたしは真菜ちゃんが心配してましたって言っただけ。悪口のつもりで言ってないよ。だけど、先輩たちが誤解したのなら、わたしの言い方が悪かったってことだよね。……ごめんなさい」

小鳥ちゃんはそう言って目をふせると、うるんだ瞳からぽとりと涙をこぼした。

（……えっ）

まさか、泣くとは思わなかった。思わず、ひるむ。

「うわ。女子、こえー」

誰かの声がして、カッと顔が熱くなる。振りかえると、サッカー部の男子たちがニヤニヤ笑ってこっちを見ていた。

サッカー部だけじゃない。クラスの他のグループの子たちも、こっちを遠巻きに見ている。

そのなかで、湊だけが背筋をのばしていつもどおり本を読んでいた。ひとりだけ、この教室とはちがうべつの世界にいるみたいに。

それはいつもの湊の姿なんだけど、こんなときだからか、その姿にちょっとだけホッとした。

「小鳥ちゃん、大丈夫？」

さくらが、わたしからかばうように小鳥ちゃんの肩に手をまわした。

「泣かせるまで言わなくてもいいじゃん」

妃那がわたしに向かって言う。

「だって……」

言い訳しようとするのをさえぎって、さくらが小鳥ちゃんの背中をさすりながらなだめるように言った。

「小鳥ちゃんがそんなこと、言うわけないってわかってるから、気にしなくていいよ」

じゃあ、秋先輩たちが勝手に誤解したってこと？

（……え。ちょっと待って、どうしてそうなるの？）

でも、そんなことある？

また勢いにまかせて言いかえそうとしたところで、ふうっと大きく息をはきだした。

落ち着かなきゃ。感情的になったらだめだ。

そう自分に言いきかせて、なるべく冷静に小鳥ちゃんに語りかけた。

「ごめん、キツイ言い方しちゃって。いきなり先輩から言ってもないことでつめよられたから、あせっちゃって。じゃあさ、本当に小鳥ちゃんがそんなつもりで言ったんじゃないのなら、わたしと一緒に秋先輩たちのところに行って、誤解だって説明してくれない？」

わたしが言うと、さくらと妃那が信じられないという表情でわたしを見あげた。

「もういいじゃん。それって先輩と真菜の問題でしょ。小鳥ちゃんを巻きこむの、やめなよ」

「そうだよ。小鳥ちゃんが転校してきてから、真菜、なんか変だよ」

そこまで言ってから、ふたりが目を合わせる。

「もしかしてさあ、真菜、小鳥ちゃんにクラスのヒロインの座、奪われそうだから、あせってるんじゃないの？」

妃那の言葉に、「えっ」と声がでる。

「そんなこと思ってないよ！　だいたい、自分のこと、ヒロインだなんて思ったことないし」

わたしが言いかえしたところで、「え〜、ホントかなあ」とさくらが首をかしげた。

なにそれ。

ふたりとも、わたしのこと、そんなふうに思ってたの？

「おい、陽向。おまえ伊藤のこと好きなんじゃねえの」「助けてやれよ」と男子たちの声が聞こえた。菊池と目が合う。

「んなわけねえだろ」

菊池はそう言うと、逃げるようにして教室をでていった。

静まりかえった教室で、小鳥ちゃんのすすり泣く声だけがやけに大きく響いた。

✦ ✕ ✕ ✕ ✦ ✕ ✕ ✕ ✦ ✕ ✦ ✕ ✕ ✕ ✦

それからあとのことは、思いだしたくもない。

午後の授業は身が入るわけがなく、ずっと昼休みのことで頭がいっぱいだった。

ホームルームのあと、さくらも妃那もわたしから小鳥ちゃんをまもるようにしてさっさと教室をでていった。萌だけが、「大丈夫？」って声をかけてくれたけど、なにを言ってもグチになってしまいそうで、「うん、ありがとう」とだけこたえておいた。

（部活、行きたくないな……）

そう思ったけど、そしたら本当にわたしが先輩たちの悪口を言っていたって認めてしまうような気がして、気持ちをふるいたたせて部活へ向かった。

部室に入るときにあいさつをしたけれど、二年の先輩たちからは当然のように無視されたし、一年生の他のクラスの子たちまで、どこかよそよそしい。

ストレッチのあとの曲かけの練習で、わたしが基本のステップをまちがえても先輩たちはスルーだった。まるでわたしなんていないみたいに。

反対に、先輩たちは、小鳥ちゃんには丁寧に振りの説明をしてあげていた。もちろん小鳥ちゃんはあとから入部してきたんだから丁寧に教えてあげるのはあたりまえのことなんだけど、今日はそれすらもわたしへのあてつけのように思えてしまう。

みじめで涙がこぼれそうになるけど、ここで泣いたら負けだ。

（……わたし、本当に悪口なんて言ってないのに）

奥歯をくいしばって、わたしは必死で基本のステップを踏んだ。

パート練習のあと、音に合わせての通しレッスンを終え、今までで一番長く感じた部活が終わった。

先輩たちは先に体育館をでていき、一年生だけで床のモップがけをする。

いつもなら、みんなで「せえの！」とかけ声をかけて、きゃあきゃあはしゃぎながら走るんだけど、今日はみんなだまったまま、各自でモップがけをしている。

（小鳥ちゃん、どうしてあんなうそついたんだろう）

わたし、なにか小鳥ちゃんの気にさわるようなこと言ったのかな？　たとえそうだとしても、こんなやり方、フェアじゃない。

小鳥ちゃんと一対一で話がしたいのに、さくらたちがいてそれもできない。家に帰って小鳥ちゃんに電話してみようかな。でも、それだとまた感情的になってしまうかもしれない。だったらメッセージのほうがまだましかな……。

そんなことをつらつらと考えながら、ひたすらモップがけをしていたら、いつの間にか体育館にはわたしひとりだけになっていた。

「え、うそ」

小鳥ちゃんも、さくらも、妃那も、わたしをおいて先に帰ったってこと？

しばらくぼうぜんとしていたけれど、

（あんなことあったら、そうなるかあ……）

モップを持ったまま、脱力する。

入学したてのころは、あんなにも（中学生って楽しい！）って思ってたのに、すこしずつなにかが変わってしまった気がする。たぶん、小鳥ちゃんが転校してきたあたりから。

「あー、もう。よけいなこと考えるのは、よそう！　気のせいだよ、気のせい！」

いそいでモップを片付け、誰もいない部室でひとり、着替えた。こんなこと、初めてだ。

他の部活もほとんど終わっているみたいで、あたりがしーんとしている。普段がにぎやかなだけに、なんだかこわくなってきた。

いそいで脱いだ体操服をかばんに入れようとしたところで、かさりと音をたててなにかが床に落ちた。なんだろうと拾いあげる。

それは、折り紙でつくられた真っ赤なハートだった。

前に、ポケットに入れられていたものと同じものだ。今度は『together』と書いてある。ポケットを探って、入れっぱなしになっていたハートの折り紙を取りだし、ふたつならべてみる。

(いったい、誰が入れたんだろう？　この言葉になにか意味があるのかなあ)

きっちり折られたハートの折り紙をまじまじと見つめる。

『stand by me』

『together』

どちらも友情をテーマにした歌詞にでてきそうな英単語。

——もしかして、誰かがわたしをはげましてくれてるとか？

（そうだったら、いいのにな……）


家にもどっても、もやもやした気持ちは晴れないままだった。

「真菜。どうしたの？　なんか、元気ないね」

もりつけられたおかずに向かってスマホをかまえていたママが、顔をあげた。

「あ、ううん。平気。なんでもない」

「ホントに？　せっかく今日は真菜ちゃんの大好物のチキン南蛮にしたのに、ぜんぜん食べてないじゃん」

エプロンをつけたままのりょーちんが、わたしのコップにお茶をつぎながら言った。

「そんなことないよ」

わたしは無理やり笑顔をつくって、タルタルソースがたっぷりかかったチキン南蛮を一口ほおばった。

「うん。おいしい！」

「だろ～？」

りょーちんが、顔をくしゃくしゃにして笑う。

「りょうちゃんのお料理、最高だもん。アップしたらすぐにたくさんいいねがつくんだから」

ママがスマホを操作しながらはずんだ声で言う。

「祥子さん、またSNSにアップしてんの？　いいから、はやく食べなよ。これから夜勤でしょ？」

「はあい」

りょーちんに怒られたママが、しぶしぶスマホをおく。

（ママったら、こどもみたい）

思わずくすっと笑う。

りょーちんは、わたしのおとうさん。なんだけど、正確に言うと血はつながっていないからママの再婚相手、になるのかな？

わたしの本当のおとうさんは、わたしが生まれる前に事故でなくなってしまったらしい。だから、顔は写真で見たことがあるけれどどんな人だったのかは知らない。

ママは出産後、すぐにわたしを保育園に預けて看護師の仕事をつづけていたんだけど、足を骨折して入院してきたりょーちんと知りあって再婚したんだって。

りょーちんは、設計の仕事をしていて、リモートワークが多い。

それで、我が家ではりょーちんが家事全般を引きうけてくれていて、ママは看護師の仕事に専念できるってわけ。

ママがよく家の様子をSNSにアップする理由を聞くと、『わたしたちはこんなにしあわせなんですよー』って世界中にアピールして、子連れで再婚するのをためらってる人たちの背中を押しているんだそうだ。……なんか、うそくさいけど。

「これから塾なんだから、しっかり食べないと」

りょーちんに言われて、(そうだった)とがっくり肩を落とす。

今日は週に一度の塾の日。苦手な数学を克服するために、中学入学と同時に入ったんだ。

こんなもやもやした気持ちのまま、塾の授業なんて受けられるかなあと考えていて、そうだと思いついた。

(塾に行く前に、湊んちに寄ってみようかな)

湊とは、同じ塾に通っている。

いつも誘いあって行ってるわけじゃないけど、家が近いからたまに途中で会うと、一緒に塾に向かうことがある。

さすがの湊も、あのとき教室にいたんだから、わたしが先輩に呼びだされたこと、そのあと小鳥ちゃんと言いあいになったことまでぜんぶ見ていたはずだ。

湊は愛想がないかわりに、その場しのぎのうそもはげましの言葉も言わない。見たままのことでどう思ったか教えてもらえれば、今のこの状態から抜けだせるヒントが見つけられるかも。

そう思ったら、急におなかが減ってきた。ごはんをしっかり食べてから、わたしはいつもよりはやい時間に自転車で家をでた。

湊の家は塾とは反対方向にあるから、うちからだと遠まわりになるんだけど、この時間なら、まだ家をでていないはず。


湊の家につづく通りに向かって曲がろうとしたところで、わたしはキッとブレーキをかけた。

自転車にまたがった湊が、制服姿の女子となにか話をしている。

(え、湊が女の子と？　誰だろ)

目立たないように、停まっている車の陰にかくれて、こっそり目をこらす。

「……小鳥ちゃん？」

こちらに背を向けているけれど、わたしそっくりのうしろ姿。あれは、小鳥ちゃんだ。

ふたりは、なにか話しこんでいる。

(なんで？　どうして小鳥ちゃんがここにいるの？)

小鳥ちゃんって、この近くに住んでるんだっけ……？

そういえば、転校してきてすぐ、どこに住んでるか聞いたけど、はっきりとは教えてくれなかった。

だけど部活が終わるといつも妃那と同じ方向に帰っていくから、このあたりではないはず。

なのに、どうして？

もう一度ふたりの姿を見つめる。

最初は、スマホケース。それから、リュック。

小鳥ちゃんは、わたしがほしいと思ってたものを、奪っていった。

それから、萌、部活の先輩たち……。

あたりまえのようにそばにあったものもさらっていった。

そして、わたしのいた場所にするりともぐりこんできた。

まるで、わたしと入れかわるようにして。

前に妃那とさくらが言ってたっけ。小鳥ちゃんとわたしはドッペルゲンガーみたいだって。

あのときは気のせいだって思ったけど、あながちまちがってはいない。ここから見たら、本当にわたしが湊と話しているみたいだもん。

そう思ったとたん、足もとからゾワッと寒気が這いのぼってきた。

——それなら、ここにいるわたしは、誰？

わたしは、ふたりから逃げるようにしてその場をあとにした。

6 意地悪なほほえみ

塾の授業中、ずっとあれこれ考えていてぜんぜん集中できなかった。帰りに、教室をでていこうとする湊を追いかけた。

「ねえ、ちょっと待って」

湊はおどろいたふうもなく、立ちどまった。

「なに？」

「あのね、実は、塾に行く前に湊んちに行ったんだけど」

わたしはどう言おうか迷いながらきりだした。

「それで、えっと、小鳥ちゃん、来てたでしょ？　なんで？」

「ことりちゃん??」

湊は、誰それという顔でまゆを寄せた。

「転校生の、小鳥遊はなちゃん」

「ああ、小鳥遊ね。ことりちゃんなんて言うから、誰かと思った」

（湊ってば、小鳥ちゃんって呼ばれてること、知らなかったの？）

あきれながら、たずねた。

「で、なんで小鳥ちゃんとしゃべってたの？」

「なんでって……、単純に俺が真菜と小鳥遊をまちがえただけ。うしろから見たらそっくりだったし」

（おさななじみの湊から見ても、わたしと小鳥ちゃんってそんなに似てるんだ……）

わかってはいたことだけど、その事実に、どんよりする。

でも、小鳥ちゃんとなにかあるわけじゃないんだとわかって、ちょっとだけホッとした。湊まで、小鳥ちゃんに取られちゃうかと思ったし。

（……いやいや。なんでホッとしてるんだ、わたし。べつに湊は誰のものでもないのに）

「そうそう」

湊が思いだしたようにつけたした。

「おまえが俺と同じ塾に通ってるって言ったら、小鳥遊も通いたいって言ってたぜ」

「えっ」

思わず顔をしかめた。

(部活だけじゃなくて、塾まで一緒だなんて……。小鳥ちゃん、なに考えてんの？)

「あいつが入ってきたら嫌なの？」

湊に聞かれて、あわててううんと首を振る。

「べつに、そういうわけじゃないけど」

「ふうん。……で、話ってそれだけ？ っていうか、真菜こそ、俺になにか用事があったんじゃないの？ 俺んちまで来たんだろ？」

「ああ、うん」

そうこたえながら、口ごもった。このタイミングで小鳥ちゃんのことを聞くのってなんか間が悪い気がする。でも、迷っていてもしょうがない。わたしは思いきってきりだした。

「えっとさ、今日の昼休みのこと、湊、どう思った？」

「昼休み？ なんだっけ」

湊が、首をかしげる。

「ほら、お弁当食べたあとくらいに、二年の先輩たちがわたしを呼びだしに来たじゃん。そのあと、わたしと小鳥ちゃん、ケンカみたいになったでしょ？ 湊、見ててどう思った？」

わたしの質問に湊は眉間にしわを寄せたまましばらくだまったあと、ぼそりと言った。

「……わりい。俺、本読んでて気づかなかった」

「え！」

思わず絶句した。

クラス中のみんなが、あんなにわたしたちに注目してたのに、湊ってば、気がつかなかったの？　そんなことってある？

そう思ったらなんだか笑えてきて、ぷっとふきだした。

「さっすが、湊だね」

くすくす笑うと湊は「うるせえよ」と口をとがらせて顔をそむけた。耳が赤く染まっている。

「用ってそれだけ？」

「あ、うん」

「あっそ。じゃ、俺帰るわ」

湊はそっけなく言うと、自転車にまたがってこぎだした。その背中に「ばいばーい」と声をかけたら、湊は背中を向けたまま左手をあげた。その姿を見送って、ふうっと息をはく。

（な～んか、湊のおかげでちょっとだけ、気持ち、晴れたかも）

ふしぎだな。なにも解決なんて、してないんだけど。

湊って、無愛想だし、必要なこと以外しゃべらないし、なに考えてるかよくわからないところがあるけれど、誰に対しても態度が変わらないから、なんか安心する。

(わたしも帰ろっと)

自転車にまたがると、勢いよくペダルをこいだ。

✦

翌週の塾の日。教室に入って、あっと息をのんだ。

小鳥ちゃんがいる。

わたしはすぐに小鳥ちゃんの席にかけよった。

「小鳥ちゃん、塾、入ったの?」

すると小鳥ちゃんはにっこり笑って「うん」とうなずいた。

「そうなんだ。聞いてなかったから、びっくりしたよ」

わたしが言うと、小鳥ちゃんはふしぎそうに首をかしげた。

「だって、真菜ちゃんもこの塾だったなんて知らなかったんだもん」

（……うそだ！）

思わず言いそうになって、奥歯をかみしめる。

わたしがこの塾に通っていることは、転校してすぐのころ、ちゃんと伝えたはずだ。それに、先週湊に会ったときに、わたしと塾が一緒だって話も聞いていたはず。なのに、どうしてそんなすぐばれるようなうそ、つくんだろう？

そこへ、湊が教室に入ってきた。

「あ、藤澤くん！」

小鳥ちゃんはそう言うと、あっという間にかばんを持って湊のほうへかけていった。

「初めての授業だし、不安だったんだ。となりに座ってもいい？」

「べつに、席なんて決まってないから、どこでも好きなとこ座ればいいんじゃない？」

湊がいつもの調子でこたえたら、小鳥ちゃんはおおげさなくらいに「ありがとう」と声をはりあげた。

「じゃあ、真菜ちゃん。またあとでね」

小鳥ちゃんはそう言うと、さっさと湊の席のとなりについた。

「よろしくね、藤澤くん」

小鳥ちゃんが、席についた湊にほほえみかける。

湊は、興味なさそうにうなずいている。

(なによ、湊のばか!)

わたしはふたりに背を向けた。

湊の言うように、べつに塾の席は決まってないんだから、誰と座ろうがいいんだけど、小鳥ちゃんが湊のとなりに座ると思ったら、なぜだかすごく腹がたつ。

ちょっとでも離れたところに座ろうと思って一番うしろに座ったのが、失敗だった。授業中、いやでも湊と小鳥ちゃんの姿が見えてしまう。

小鳥ちゃんがときおり、湊のひじのあたりをつついてなにか話しかけている。まわりに迷惑かけないようにだろうけど、やけに顔を近づけているのも気になる。

結局、授業中ずっとイライラしっぱなしで内容なんて頭に入ってこなかった。

(あーあ、もうなにやってんだろ)

授業終了後、ペンケースやテキストをかばんに押しこみながらふたりの背中を見ていてギョッとした。

小鳥ちゃんと湊がスマホをだして、なにか話している。

（ＩＤを交換してるんだ！）

湊は、わたし以外の女子とほとんどしゃべらない。だから誰ともＩＤの交換をしていないと思う。わたしも湊とはいつでも話せるから、いちいち交換なんてしてないし。なのに、この間転校してきたばかりの小鳥ちゃんに、そんなに簡単に自分のＩＤ教えたりするんだ。

そう思ったら、ガッカリした。

（べつに、湊はわたしの彼氏じゃないんだから、ぜんぜんいいんだけどさ）

わたしはふたりの姿を見ないようにして、教室をでた。


駐輪場で自転車にまたがろうとしたところで、湊がわたしの自転車の前に立った。

「今日はやいじゃん。いそいでんの？」

「……べつに」

わたしは、ぷいっと顔をそむけた。

「なんか怒ってんの？」

「怒ってるわけないでしょ、ばか！」

カッとして言いかえしたら、「やっぱ怒ってんじゃん」と湊がぼそりと言った。

（あ〜、わたしのばか。湊にあたってもしょうがないのに）

「小鳥ちゃんは？」

「知らね。もう帰ったんじゃない？」

「ふうん」

わたしは、気になったことを、さりげなくたずねてみた。

「さっき、ＩＤ交換してた？」

湊はきょとんとしてから、「ＩＤ？　ああ、聞かれたから」となんでもないようにこたえる。

（まあ、湊はそうだろうね）

深い意味なんてないのはわかってるけど、なんか嫌だ。イライラする。

だまっていたら、

「シーホースのさ」

急に湊がきりだした。

「シーホース？」

どこかで聞いたことあるなあと考えて、そうだと思いだした。たしか、湊が好きなアメリカの古いバンドだ。結構マニアックなバンドらしくて、わたしはよく知らないんだけど。

「小鳥遊、なんでか知らないけど、俺がシーホース好きなの知っててさ。CD持ってるから貸すよって言ってきて」

その言葉に、胸の奥がヒヤッとした。

(小鳥ちゃん、なんでそんなことまで知ってるんだろう?)

湊は自分から好きなバンドの話なんてするタイプじゃない。だから、湊がシーホースを好きなことなんて、わたし以外誰も知らないはずだ。なのに、どうして?

「真菜ちゃん、藤澤くん」

そのとき、すぐうしろから声がして、思わずその場で飛びあがった。

振りかえると、いつからいたのか、小鳥ちゃんがすぐそばに自転車を支えて立っていた。

「ひどいなあ、わたしをおいて、先に帰っちゃうんだもん」

「そんなつもりじゃ……」

わたしが言い訳しようとするのをさえぎって、小鳥ちゃんが湊のとなりに立った。

「藤澤くん、うちと方角同じだし、よかったら一緒に帰ろう?」

湊は無表情のまま、「べつに、いいけど」とこたえた。

「小鳥ちゃんち、栄町なの? どのへん? でも、いっつも妃那と帰ってるよね? 方角逆じゃない？」

すかさずわたしがたずねると、

「うーん。ごめんね、まだこのあたりの地名、ちゃんと覚えてないんだ」

笑顔ではぐらかされた。

(地名はわからなくても、自分ちの住所くらい、普通覚えてるもんじゃない？)

かさねて聞こうとしたけれど、湊の手前、やめておいた。あんまり問いつめると、またわたしが悪者にされそうだ。

「真菜も途中まで同じ方角だし、一緒に帰ろうぜ」

めずらしく気をつかったのか、湊がわたしにも声をかけてくれ、三人で帰ることになった。

だけど、小鳥ちゃんは湊のとなりをしっかり陣取っていて、わたしが話しかけるすきがない。

自転車三台が横ならびになるのは迷惑だし、しかたなく、ふたりのうしろをのろのろとついていく。

大通りまででた。わたしはここで左に曲がらなきゃいけないけど、ふたりが向かう栄町は信号を渡ってまっすぐだ。

「じゃあ、わたしはこっちだから」

そう言うと、小鳥ちゃんはわざとらしいくらいの笑顔で「真菜ちゃん、ばいばーい」と手を振った。湊は手をあげただけでそのまま背を向ける。

(……なんか、やだなあ)

そう思いながら遠ざかっていくふたりの背中を見つめていたら、ふいに小鳥ちゃんが振りかえった。

(……え？)

小鳥ちゃんの今の表情、なに？

まるでなにかたくらんでいそうな、わたしを見くだしてるような、意地悪なほほえみに見えたけど……、気のせい？

7 昼休みの特等席

　七月に入ったというのに、まだ梅雨は明けない。そのせいか、最近、目が覚めると、おなかの底あたりがどんよりと重くて、ふとんからでるのが嫌になる。

（……体調が悪いって言って、ズル休みしちゃおうかな）

　毎朝そう思うけど、心配そうなママとりょーちんの顔が思いうかんで起きあがってしまう。ふたりに心配かけたくない。そう思ったら、学校を休むなんてやっぱりできっこない。

　部活は三年生の先輩たちが引退してしまって、わたしの居場所はますますなくなってしまった。クラスでもそう。教室のなかにいても、わたしのまわりにだけ目に見えないラインを引かれているようで、みんなと一緒にいるような気がしない。

　制服に着替えて、朝ごはんを無理やり流しこみ、「いってきまーす」と明るく家をでる。学校につくまで、どうか小鳥ちゃんに会いませんようにと心のなかで思いながら歩く。みんなに「おはよう」って声をかけられて、笑顔でこたえてる小鳥ちゃんの姿が目に入ると、胸が苦しくなるから。

今朝は、菊池から「小鳥遊、おはよう」って声をかけられていた。すると、すかさずさくらたちが「菊池って絶対小鳥ちゃんのこと、好きだよ」と小鳥ちゃんをからかっていた。

あれは、ついこの間までのわたし。

いったい、いつからこんなことになっちゃったんだろう？

べつに菊池に声をかけられたいわけじゃない。

自分に注目してほしいわけでもない。

だけど、わたしが小鳥ちゃんに乗っとられてしまったみたいで、自分が空っぽになってしまったような気持ちになる。

ふうっと息をはいて歩いていたら、昇降口の手前で萌を見つけた。

小鳥ちゃんは、さくらと妃那と渡り廊下のほうへ向かっている。

（今がチャンスかも……！）

表面上は、わたしたちは前と変わらず五人一緒にいる。けど、さくらと妃那、小鳥ちゃんと萌がいつも一緒にいるから、五人でいてもわたしはいつもひとりぼっちだ。

最近、五人でつくったグループラインに、メッセージが届かなくなった。前までは毎日のように、妃那んちで飼ってるトイプードルのみかんちゃんの画像とか、さくらがSNSで拾ってきたおもしろ画像とかを共有してたのに、ぴたりと動かなくなった。

わたしはもともと、見る専門だったから、どうしたのかなくらいにしか思ってなかったんだけど、この間みんなが話しているのを何気なく聞いていたとき、妃那が「昨日グループに送った画像さ」と言ってて、腑に落ちた。

(そっか。わたし以外の四人のグループがあるんだ)

つまり、わたしははずされてるってわけだ。

萌は、この状態をどう思ってるんだろう。それをずっと聞きたいと思っていた。

「萌」

うしろから声をかけると、萌は足をとめて振りかえった。

「あ、真菜。おはよう」

「あのさ、正直に教えてほしいんだけど……」

そこまで言ったところで、誰かがふいにわたしのひじをつかんだ。振りかえると、いつの間にもどってきたのか、小鳥ちゃんがほほえんでいる。

「おはよう、真菜ちゃん。ちょっといいかな」

わたしのひじをつかむ手の、思わぬ力強さにどきりとした。

「なに？」

「こっち来て」

そう言うと、わたしのひじをつかんだまま、昇降口の外へとつれだされた。振りかえると萌の両どなりにさくらと妃那が立っていた。ふたりはそのまま、萌をつれていこうとする。萌は戸惑った表情でわたしとみんなを見くらべてる。

「なんなの？」

わたしは小鳥ちゃんの手を振りほどいた。

「萌としゃべってただけなのに、どうして割りこんでくるの？」

すると、小鳥ちゃんは、うるんだ目を細めて低い声で言った。

「かんちがいしないで」

「えっ」

「萌は、もう真菜ちゃんの親友じゃないんだよ。だから、萌にあれこれ聞かないであげて。じゃないと、困らせちゃうよ？」

「萌を困らせる？　どういうこと？」

意味がわからず問いかえしたら、「わかんないかなあ」と小鳥ちゃんがあきれたように肩をすくめた。

「真菜ちゃんには友だちなんていないんだよ。ひとりぼっちなの。みんなからはずされてる真菜ちゃんに話しかけたら、萌だってどうなるかわかんないよ？　そのこと、忘れないでね」

そう言ってかわいく手を振ると、ぱたぱたとかけていった。

✦ ✦ ✦

授業中、さっき小鳥ちゃんから言われたことを何度も頭のなかでくりかえした。

――やっぱり、わたし、のけものにされてたんだな……。

そう思ったら足もとがぐらぐらしてはきそうになる。

保育園のころから、今までずっと、友だちのことで悩んだことなんてなかった。みんなとなかよくできていたし、いじめなんてニュースやドラマのなかだけの出来事で、わたしには関係ないって思ってた。なのに、まさか、わたしの身に降りかかるなんて……！

友だちがいるのは、あたりまえだと思ってた。毎日学校に来て、授業を受けるのも。

でも、わたしなんていなくてもいいいんじゃない？

だって、わたしそっくりの小鳥ちゃんがいるんだから。

気がつくと、午前中の授業は終わっていて、お昼休みになっていた。教室のあちこちでみんながかたまってお弁当を広げていた。小鳥ちゃんたちも、もう机を寄せている。

「真菜、お弁当、食べないの？」

萌が、心配そうにこっちを見ている。

さくらと妃那はわたしのことなんて気にせずに、もうお弁当を食べはじめてる。萌のとなりで、小鳥ちゃんもじっとわたしを見つめていた。

なにを考えているのかわからない、冷たい表情で。

「……ごめん、わたし、外で食べる」

わたしはお弁当箱をつかんで、教室をでた。階段をかけおりて、中庭に向かう。部室がならぶ奥に記念碑があって、そこに藤棚がある。わたしはその藤棚の下にあるベンチに腰をおろした。

ここなら、誰も来ないはずだ。

数日後には、登山遠足がある。わたしの班は、菊池、小林くん、佐竹くんと、小鳥ちゃん、さくらとの六人。わたしが仲間はずれにされる前につくったグループだ。でも、こんな状況で行ったって、絶対楽しいわけない。

(このまま、家に帰ろうかな)

だけど、家にはりょーちんがいる。こんな時間に帰ったら、きっと心配するだろうな。

学校にもいたくないし、家にももどれない。

わたし、どうしたらいいの?

じわっと涙が浮かんで、ひざにのせたお弁当がにじむ。

「おい」

とんと肩をたたかれて、我に返った。振りかえると、湊がいつもの仏頂面でわたしを見おろしていた。

「ここでなにしてんだよ」

そう言いながら、わたしのとなりに腰をおろした。手には、お弁当箱を持っている。

「なによ。わたしがひとりでいるからって、なぐさめに来たわけ?」

あわてて目じりに浮かんだ涙をふきながら言うと、湊が顔をしかめた。

「悪いけど、俺、いつもここで弁当食ってんの。教室はうるさいし、弁当食べたあと、ねっころがって昼寝もできるしな。べつに真菜がひとりでいようがどうしようが、俺には関係ないんだけど」

「……え？　あ、そうなんだ」

湊の言葉に顔がカーッと熱くなる。

恥ずかしいことを言ってしまった。

そう言われてみれば、湊はいつも昼休みになるとひとりでどこかに行ってしまう。そっか、ここは湊の特等席だったんだ。

「ふ、ふんだ。湊も、どうせ小鳥ちゃんの味方なんでしょ」

すねた口調でそう言うと、湊はあきれたように息をはいた。

「『ときとして問題は複雑であり、こたえは簡単である』」

「へっ？　なにそれ」

「ドクター・スースの名言」

「誰よ、ドクター・スースって」

「俺の好きな絵本作家だよ。それはともかく、敵とか味方とか考えだすと本質を見逃すぜ？　もうちょっとシンプルに考えたほうがいいんじゃないの」

(そりゃあ、湊は自分とは無関係だからそう言えるんだよ)

小学校時代、友だち同士でもめてる子たちや誰かの悪口を言ってる子たちを見てて、どうしてなかよくできないのかなあって思ってた。

いがみあうより笑いあうほうがずっと楽しいのに、どうしてそうできないんだろうって。

でも、それは自分がそのなかにいないから思えたことだ。

いざ当事者になってしまったら、いくら前向きに考えようとしたって無理。底がない沼に引きずりこまれるみたいに、どんどん悪いほうに考えてしまう。

だまってるわたしを無視して、湊はさっさと弁当を広げはじめた。

「腹減ってるから先食べるぜ。いただきます」

律儀に手を合わせてから、むしゃむしゃと食べはじめる。

(よくこの状況で食べられるなあ)

わたしはちらりと横目で湊のお弁当を見た。

大きめの二段弁当。一段目は、大きい梅干しがうまった白ごはんで、もう一段は、焼いた肉だけがドーンとつまっている。

白と茶色のみの弁当に、思わず「すご」とつぶやく。

「なんだよ。文句あんのかよ」

湊がお箸をとめてわたしをにらむ。

「いや、文句ではないけど、野菜がないなあと思って」

そう言いながら、自分のお弁当箱を開けた。

「うおっ」

今度は湊がわたしのお弁当をのぞきこむ。

「すっげえ豪華な弁当」

星形にくりぬいたたまご焼きにポテトサラダがつめられたトマトカップ。カラフルな煮豆に、かわいいピックが刺さったマスカット。ブロッコリーが添えられたフライドチキンにはひとつずつハート柄のアルミホイルが巻かれてある。

「すごいでしょ。りょーちんが、毎朝つくってくれるんだ」

「マジ？　あのおじさんが？」

(そっか、保育園のおむかえ、りょーちんが来てくれることのほうが多かったし、湊も知ってるんだよね)

「俺の弁当、母ちゃんがつくってくれんだけど、毎朝、前の晩の残りの肉と飯をつめてるだけだぜ？」

「いいじゃん。ボリューム満点でおいしそうだよ。そんなに食べてるくせに、湊ってひょろっと

してるよねえ」

「うるせえよ」

そこで、ふっと湊が笑った。

「なによ」

「いや、やっと普段の真菜にもどったなあと思って。やっぱ、いくら見た目が似てても真菜は真菜だよ。小鳥遊とはぜんぜんちがう」

その言葉に、はっとする。

湊が言うとおり。わたしは、わたしだ。

そう思いたいけど、教室にもどれば、現実が待っている。

この状況から、どうしたら抜けだせるんだろうと考えていたら、「あのさ」と湊がつぶやいた。

「誰かと一緒にいて、うまくいかないんだったら、べつにひとりでいればいいんじゃねえの？」

「……まあ、そうなんだけど」

わたしは星形のたまご焼きを、口に放りこんだ。だしの味が口いっぱいに広がる。

湊はいつも基本的にひとりでいるけど、それをみじめだなんて思ったこと、ないんだろうな。

だからってわたしが今すぐひとりを平気だって思えるかというと、自信がない。クラスの子たちにどう思われるか考えてしまうし、わたし自身も、さみしいって思ってしまう。

(どうしたら、湊みたいに強くなれるんだろう)

弱い自分が恥ずかしい。

「俺、もう食いおわったし先行くわ」

「えっ、もう？　……ちょっと待ってよ。わたしまだ食べおわってないし」

あわててごはんをかきこもうとしたら、むせてしまった。それを見た湊が声をだして笑う。

「自分のペースでゆっくり食べりゃあいいじゃん。せっかくひとりで、人に合わせなくていいんだからさ。じゃあな」

湊はそう言うと、さっさと行ってしまった。

取りのこされたわたしは、お茶を飲んでふうっと息をはいた。

(自分のペースで、かあ)

中庭の木々の隙間から、ちょうどいい感じで陽がさして、まるで光のステンドグラスみたい。

どこかで犬がキャンキャン鳴きあってる声がして、お散歩の途中かなあと思ったら、なんだか気持ちがなごんだ。

湊に言われたことをもう一度頭のなかでくりかえしてみる。

グループのなかにいなくちゃいけないって思いこんでたけど、ひとりでいるからこそ、自分のペースを守れるのかもしれない。

どうしてそんな簡単なこと、今まで気がつかなかったんだろう？

りょーちんお手製のお弁当をゆっくり食べはじめる。今度は本でも持ってこようかな、なんて考えていたら、チャイムが鳴った。

（いっけない。のんびりしてたら、もうお昼休み、終わっちゃった）

いそいで立ちあがり、教室に向かう。先生はまだ来ていなかったけど、みんな、もう席に座っていた。遅れたわたしを萌がチラッと見たのがわかったけど、気づかない振りをした。

今、萌のほうを見たら、また気持ちが揺れてしまいそうだから。

席について教科書を取りだそうとしたら、なにかが足もとにかさりと落ちた。なんだろうと拾いあげてみる。

「あ」

それはあのハートの折り紙だった。拾いあげて裏返してみたら、また文字が書いてある。前と同じカクカクした文字。

『I know you』

誰からだろう？

きょろきょろとまわりを見まわすけど、みんな黒板のほうを向いていて、わたしのほうなんて誰も見ていない。

もう一度、手のなかのハートを見る。これで、三通目だ。『わたしはあなたを知ってる』だなんて、悪い意味じゃ、ないよね？

やっぱりわたしのこと、応援してくれてるってことかな？

そう思っていたら、ふいに萌と目が合った。

（……もしかしたら、これ、萌がくれたのかな）

小鳥ちゃんやさくらたちの手前、わたしと話をしにくくて、それで送ってくれたのかも。

……そうだったらいいんだけど。

8 なぞめいたハートの折り紙

萌たちとぎくしゃくした状態のまま、登山遠足の日が来た。

朝、やっぱり行きたくないなって思ったけど、りょーちんから「今日はいつも以上に気合い入れたから！」ってお弁当を渡されて心を決めた。

（そうだ。これ、お守りにしよう）

三つのハートの折り紙をにぎりしめて、わたしは家をでた。


学校をでる前に、先生から今日の行程を説明された。

今からバスで登山口まで向かい、そこからは班ごとにわかれて行動する。

各班で順番に先生が待つポイントをまわってスタンプを集め、もとの場所までもどる。山登り版、スタンプラリーみたいなものだ。

この登山遠足は、鈴里中学の恒例行事で、一年生の一学期に行われる。本格的な登山ではないけれど、山道を時間内にまわらなくてはいけないので、うわさによると結構しんどいらしい。

グループにわかれて登山口をスタートすると、思ったとおり小鳥ちゃんとさくらは、さっさとふたりで先を歩いていった。取りのこされたわたしは、しかたなく菊池たち、男子のあとを歩くことにした。

「なあなあ伊藤って、まだあいつらにはぶられてんの？」

佐竹くんがわたしのとなりにならんで、からかうように言う。

「べつに、そんなんじゃないし」

ぷいっと顔をそむけて言うと、『べつに、そんなんじゃないし！』ぷんぷくぷん！」と、ほっぺたをふくらませておおげさにわたしの真似をした。それを見て、小林くんが手をたたいて大笑いする。

「ってかさあ、陽向って前まで伊藤のこと好きだったくね？」

「しつけえなあ。ちがうってば」

菊池が、顔をしかめる。

「あ、今のお気に入りは小鳥遊だもんな」

「わりい、わりい、まちがえた」

ぎゃははと笑いながら、男子たちも小鳥ちゃんたちのあとをついていった。

（気にしない、気にしない）

わたしが今、クラスのなかで浮いてるのを見て、菊池は過去にわたしにちょっかいをだしてたことを黒歴史とでも思ってるみたいだ。

べつに菊池のことなんて好きでもなんでもなかったし、からかわれてるってわかってたから、どうってことない。そう思いたいのに、知らない間にできていた青あざみたいに心が鈍く痛む。そんな自分が、すごく嫌。

みんなのうしろ姿を見ないようにして、足もとだけ見て一歩ずつすすんでいく。

登山遠足といっても、なだらかなハイキングコースだ。地図だってもらっているから、すこしくらい離れたって、迷子になることはない。

それに、この間、湊だって言ってたもんね。ひとりなら、誰かに合わせずに自分のペースでいられるって。

しばらくして顔をあげると、ひとつめのチェックポイントが見えてきた。もうすでに他の班の子たちも到着したようで、みんなが先生のまわりに群がっている。

「班でかたまって来てください。じゃないと、スタンプを押しませんよ」

先生がメガホンで言うと、バラバラに集まっていた子たちが、班ごとにわかれだした。わたしも班のみんなを探さなきゃと思ったけど、人が多くてなかなか見つけられない。

(えーっ、どこ行ったんだろう)

途中、萌の姿が見えた。声をかけようかと思ったけど、すぐそばに妃那がいるのが見えたから、やめておいた。

「うちらの班、ここでならんでるんだけど」

他のクラスの子たちに言われて、しかたなく列の一番うしろにならんだ。やっと先生のところまでたどりつくと、先生が「あらっ」と声をあげた。

「体調が悪くなったんじゃないの？　同じ班の小鳥遊さんが、伊藤さんは登山口にもどりましたって言ってたけど」

「えっ……」

(小鳥ちゃん、そんなこと言ってたんだ……！)

どうしたらいいかわからなくて立ちつくしていたら、先生は困ったようにまゆをさげた。

「小鳥遊さんたち、もうだいぶ先に行ったみたいだから、他の子たちと一緒に追いかけますか？

ひとりでここから登山口にもどすわけにはいかないし」

言いながらも、次々他の班の子たちが登ってきて、先生はスタンプを押すのに必死だ。

「あの」

そこで声がした。

振りかえると、第二ポイントの方角からおりてくる萌の姿が見えた。

「わたしも体調がよくないので、伊藤さんとふたりで下山します」

すると先生は、あきらかにホッとした顔になった。

「あらそう？　ここから一本道だし、登山口まではすぐだから、ふたりなら大丈夫よね。下には待機してる先生もいらっしゃるから、どうしてもしんどいときは伝えるのよ」

先生に念押しされて、わたしは萌とならんで山道をおりた。

もうほとんどの子たちは第二ポイントに向かったあとで、歩いているのはわたしと萌のふたりだけだ。萌は怒ったような表情で、ずっとだまっている。

「萌、体調よくないの？」

わたしがたずねると、萌は表情を変えずにだまって首を横に振った。

「え、じゃあ、なんで……」

「ごめん、真菜……」

萌は、あごが胸につきそうなくらいうなだれて、わたしを見ようとしない。心配になって顔をのぞきこむと、静かに泣いていた。

「真菜のこと、ずっと気になってたんだけど、もしも真菜にしゃべりかけたら、今度はわたしがひとりにされるかもって思ったらこわくて。でも、さっき、真菜がひとりでいるところを見て、やっぱりこのままじゃ、ダメだって思ったの。……本当にごめんなさい」

萌が、わたしに頭をさげる。とたんに萌の足もとに、ぽたりと涙が落ちた。

「……萌」

萌はやさしい子だ。わたしもこの数週間悩んでいたけれど、同じように萌だって悩んでいたんだろう。

勇気がでなかったたって気持ちは、痛いほどわかる。それなのに、妃那を振りきってわたしのところに来てくれたんだと思ったら胸がいっぱいになった。

(やっぱり、萌はわたしの本当の友だちだ。……あ、そうだ)

「ねえ、これ、萌がくれたんだよね?」

わたしはジャージのポケットに入れておいたハートの折り紙を取りだした。

「わたしの荷物にこっそり入れてくれてたでしょ？　これでわたしをはげましてくれてたんだよね？」

萌は戸惑った表情でそれらをまじまじと見たあと、「ううん、わたしじゃないよ」と言った。

「え、そうなの？　じゃあいったい誰が……」

そこまで言ったところで、

「真菜ちゃーん！」

うしろから声がした。

ぎくりとして振りかえると、小鳥ちゃんがかけおりてくる姿が見えた。そのうしろには、さくらや菊池たち、男子もいた。とたんに萌が体をかたくしたのがわかった。

「ごめんね、真菜ちゃん。気がついたらうしろにいなかったから、しんどくなって途中で引きかえしちゃったのかなって思って」

小鳥ちゃんは、泣きそうな顔でわたしに向かって手を合わせた。

（よく言うよ、先生にうそついたくせに……！）

そう思ったけど、どうせまたごまかされるに決まってる。わたしは大きく息をすいこんで、笑顔をつくった。

「ううん。こっちこそごめん。わたしが歩くのが遅かったから心配かけちゃって」

小鳥ちゃんがどういうつもりかは知らないけど、落ちこんだり、泣いたりしたらわたしの負けだ。そっちがその気なら、わたしだって笑顔で通してやる。

小鳥ちゃんはじっとわたしを見てから、萌に笑顔を向けた。

「ごめんね、萌。真菜ちゃん、わたしたちの班だからもう大丈夫だよ。萌も自分の班にもどったほうがいいんじゃない？」

「でも……」

萌が、わたしと小鳥ちゃんを交互に見る。

あの萌が勇気を振りしぼってわたしをむかえに来てくれたんだ。その事実だけで充分。わたしは萌に向かってほほえんだ。

「ありがとう、萌。わたしは大丈夫だから」

「本当？」

「うん！」

萌は何度も振りかえりながら、自分の班の子たちが待つ第二ポイントに向かって歩きだした。

さくらはおもしろくなさそうに歩きだし、あとにわたしと小鳥ちゃんが残される。

「おい、はやく登ってこいよ。時間なくなるぜ」

前に立つ菊池が声をかけてきた。

「ごめんね、すぐ行くから！」

小鳥ちゃんはそうこたえると、わたしにさっと手を差しだした。

「さ、行こう、真菜ちゃん」

小鳥ちゃんの手をまじまじと見つめる。

わたしをおいてきぼりにしたり、つれもどしに来たり……。

いったい、小鳥ちゃんは、なにを考えてるんだろう？　なぞすぎて、理解できない。

わたしは小鳥ちゃんの手を取らず、さくらや菊池たちが待っているほうへ向かって歩きだした。

小鳥ちゃんが、すぐに追いかけてくる。

「あ～あ、真菜ちゃんってば、ばかだなあ。まだわかってないんだから」

小鳥ちゃんが、背後でぼそりと言った。

「わたしがばか？　わかってないって、なにが？」

足をとめて振りかえると、小鳥ちゃんはにっこりと天使のようなほほえみを浮かべた。

「え？　なんのこと？　わたし、な～んにも言ってないよ？」

その笑顔に背筋がぞくっとする。

(なんなの？　この子、いったいなにを考えてるの？)

それからは、背後に小鳥ちゃんがいるのを意識しないよう、振りかえらずに、ただひたすら山道をすすんだ。だけど、うしろからいつもの小鳥ちゃんのハミングが聞こえてきて、意識せずにはいられない。

途中で、ポケットに手を入れてあの折り紙をにぎりしめる。

萌が送り主じゃないというなら……、これをくれたのは、いったい、誰なんだろう？

(萌以外にも、わたしを応援してくれてる誰かがいるってことかな)

そう思いたい！

大丈夫。

小鳥ちゃんになにをされたって、わたしはわたし。

わたしをわかってくれてる子が、きっといる。

自分に暗示をかけるように、心のなかで何度もそうくりかえした。

9 降りそそぐ〝赤い雨〟

登山遠足の翌日。

洗面所で顔を洗ってから、ぱしんとほおを両手ではさんだ。

これは、自分に気合いを入れる儀式。油断したら、すぐに頭のなかに小鳥ちゃんの顔が思いうかぶから。

『真菜ちゃんには友だちなんていないんだよ。ひとりぼっちなの』

小鳥ちゃんの声が頭のなかでこだましそうで、わたしは両耳を押さえて「あー！」と叫んだ。

「どうしたの？」

洗濯物を干そうとしていたりょーちんが、洗面所にかけこんできた。

「あ、ごめん。もうすぐ、学校で演劇祭があるから、その練習」

そう言ってごまかすと、りょーちんは「なんだ、びっくりした」と笑顔でこたえて、もどっていった。

ふうっと息をついて、ポケットに手を入れる。

今ではすっかりお守りがわりになっている三つのハートの折り紙。

送り主は、いったい誰なんだろう？

さくらや妃那とは思えない。たぶんあのふたりは、小鳥ちゃんが来る前からわたしのことをうとましく思っていたんだろう。その証拠に、小鳥ちゃんがわたしを仲間はずれにしようとしてからというもの、ふたりは大喜びでそれに乗っかってるし。

それなら、誰なんだろう？　わたしと小鳥ちゃんがもめていることを知っている子だよね。

――もしかして、湊とか？

湊が折り紙を折っているところを想像してみる。

（……いやいや、絶対ちがうね。湊なら、こんなまわりくどいことなんかせずに、直接言ってくるはずだ）

誰かはわからないけど、応援してくれている子がいる。

そう思ったら、すこしだけ勇気がでた。

（……そうだ。この折り紙を送ってくれた子を探してみようかな）

初めて折り紙が入っているのに気づいたのは、中間テストが終わったつぎの週。小鳥ちゃんが髪を切ってわたしそっくりになった日で、いつの間にかスカートのポケットに入っていた。

二度目は二年生の先輩たちに誤解されて、問いつめられた日。部室のわたしのかばんのなかにあった。

そして三度目は、小鳥ちゃんにはっきりと『友だちなんていないんだよ』って言われた日。お弁当を中庭で食べている間に、わたしの机のなかに入れられていた。

いつもこっそりおいているってことは、みんなに知られたくないってことだよね。萌と同じように、わたしをかばうと自分が標的にされるって思ってるのかな。

それなら特定しないほうがいいのかもしれないけど、やっぱり誰なのか知りたい。そしたら、がんばる勇気がもらえると思うから。

(そうだ、萌にも協力してもらおう。昨日、登山遠足であやまってくれたし、きっと手伝ってくれるよね)

✦ ✕ ✕ ✦ ✕ ✕ ✦ ✕ ✦

いつもよりすこしはやめにでて、通学路で萌が来るのを待った。

(そういえば前は萌が、ここでわたしを待ってくれていたんだっけ。あのときは、小鳥ちゃんがわたしにべったりだったからなあ……）

そんなことをつらつら考えていたら、萌が歩いてくるのが見えた。

「おはよう」

いそいでかけよると、萌がびくんと肩を揺らした。

「……あ、おはよ」

ぼそぼそとこたえてうつむく。

（……あ、そっか。みんなのいる前でしゃべりかけちゃダメだったんだ）

「あのね、昨日言ってた折り紙のことなんだけど……」

早口で要点だけ言おうとしたら、

「ごめん」

萌が、うつむいたまま震える声で言った。

「真菜に悪いって思ってる気持ちは本当なの。でもわたし、やっぱり真菜と一緒にいられない。

弱くて、ごめん」

（……そっか。そうだよね）

わたしは笑顔をつくってうなずいた。

「ううん、わかった。こっちこそ、ごめんね」

わたしはなるべく明るく聞こえるように言うと、萌に背を向けてかけだした。

わかってたはずなのに、昨日声をかけてもらったことに甘えてた。これは、わたしの問題。自分で解決しないとだめだ。

わたしは自分にそう言いきかせて、学校までかけぬけた。

足をとめたら、もうそれ以上、前にすすめないと思ったから。

✦ ✕ ✕ ✕ ✦ ✕ ✕ ✕ ✦ ✕ ✦ ✕ ✕ ✕ ✦

(さあ、気を取りなおしてがんばるぞ)

今考えると、さっきの萌の様子は、どことなくおかしかった。

もしかしたら、昨日わたしに話しかけたことで、あとから小鳥ちゃんたちになにか言われたのかもしれない。だからあんなにおびえた表情だったのかも。

(はー、やだやだ。よけいなことは考えないようにしよう)

とりあえず、休み時間のたびに席をはずすようにした。午前中、誰かがわたしの席に近づかないか廊下からチラチラ見ていたけど、特に変わったことはなかった。

(うーん、そんなに都合よくいかないか)

お昼休みはどうしようかと思ったけど、今日も中庭へ向かうことにした。こっそりのぞくと、思ったとおり、湊がいる。

「あれっ、なんだよ。またここで食うの?」

「悪い? ここ、湊だけの場所じゃないよね?」

ちょっと強めに言いかえすと、

「悪いなんて言ってねーじゃん」

湊はそう言うと、いつもの調子でさっさと食べはじめた。

(たびたびここに来ること、さすがの湊もおかしいって思ってるかもなあ)

そう思いながらちらっとのぞくと、今日も湊の弁当は、ぎゅうぎゅうづめの白ごはんと、どでかいハンバーグだけのボリュームマックス弁当だった。

(お茶碗何杯分入ってるんだろ)

思わずくすりと笑ってしまう。

「なんだよ」

「べつに」

笑ってたのがバレないように、あわてて表情をもどした。

湊ってふしぎな存在だ。

普段からなかよくしてるわけじゃないけど、湊だけはわたしをつきはなしたりしないってなぞの信頼感がある。

友だちっていうのともちがうし、男子だけどいわゆる恋心？　みたいなものも感じない。

こういう関係ってなんて言うんだろ。

（……あ、おさななじみか）

湊がいてくれてよかったな。

そんなこと、口がさけても言えないけど。


「あのさあ」

お弁当を食べおえたあと、わたしはポケットからハートの折り紙を取りだした。

「これ、最近、わたしの机とかかばんのなかにいつの間にか入ってるんだ。誰が入れてるんだと思う？」

湊はわたしの手のひらからハートを取りあげると、まじまじと見つめた。

「しかもそれ、表に英語でメッセージが書いてあるでしょ。なにかわかる？」

「これ……」

その真剣な表情に、身を乗りだす。

「なに？　なんか、わかったの？」

「シーホースの歌詞カードで見たことあるなあと思って」

間のぬけた返事に、思わず脱力する。

「んもう、それ、ぜんぜん関係ないから！　っていうか、シーホースにかぎらず、外国の曲だったらこんな単語、フツーにあるでしょ」

湊の手から折り紙を取りかえすと、湊は心外だというように目を見開いた。

「聴いたことないくせに、よく言うよ。シーホースはどれも名曲ぞろいなんだからな」

「あっそ。もういいよ。湊に聞いたのがまちがいだった。じゃあね」

わたしは肩をいからせて、湊をおいて歩きだした。

（あ〜あ。湊ならなにかいいアドバイス、してくれると思ったのに。また振りだしにもどっちゃったよ）

午後も結局、折り紙の送り主をつきとめられないまま、放課後になってしまった。今から部活だ。

秋先輩たちはあれからなんにも言ってこないけど、前みたいに気軽に声をかけてもらえなくなったのはやっぱりさみしい。ダンスは好きだし、部活中は練習に集中できるから気にならないけど、部室に行くのはやっぱり苦痛だ。

だから最近は、みんなが着替えを終えて体育館に行く時間を見はからい、わざと遅れて行くようにしている。

教室に誰もいなくなったところで部室に向かう。途中でトイレに入ろうとしたら、なかから声がした。こっそりのぞくと、鏡の前でリップをぬっている妃那とさくらの姿が目に入る。

（ふたりとも、まだ行ってなかったんだ。部室で一緒になったら気まずいなあ……）

そう思っていたら、「真菜ってさあ」とわたしの名前が聞こえた。

「このところ、昼休みに藤澤くんを中庭に呼びだして小鳥ちゃんのことグチってるらしいよ。となりのクラスの子らが言ってた」

「なにそれ、最悪。たぶんさ〜、小鳥ちゃんが転校してきて、菊池に声かけられなくなったのがくやしいんだよ」

「だよね。真菜って、自分のことかわいいって思ってそうだったもん。前から男子に媚びてるなって思ってたんだよね」

ふたりの会話に、耳がカッと熱くなる。

妃那たちがわたしのことをよく思ってなかったっていうのは、今回のことで薄々わかってた。

でも、そこまで嫌われてたなんて……！

もうやだ。部活も、学校も、どうでもいい。

はやくここから逃げだしたい……！

まわれ右して階段に向かってかけだそうとしたそのとき、背後から声がした。

「あのさ、そういうこと言うの、やめよう」

(誰かがかばってくれてる……！)

おどろいて振りかえり、思わず「えっ」と声がでる。

トイレの入り口に立っているのは……。

――小鳥ちゃん!?

「本当のことかどうかわからないのに、勝手に決めつけたり、いない人の悪口言ったりするの、よくないと思う。言われたほうの気持ち、考えたほうがいいよ」

小鳥ちゃんの背後から、おそるおそるトイレをのぞきこむと、鏡の前に立つ妃那とさくらの顔がこわばっていた。

小鳥ちゃんは言うだけ言うと、くるりと振りかえり、わたしのうでをつかんだ。

「真菜ちゃん。これからは、わたしといよう」

戸惑うわたしのうでをつかんで、小鳥ちゃんが歩きだす。いつものハミングをしながら、ほほえみまで浮かべて。

なに？　なんなの？

わたしといようって、どういうこと？

今までわたしのこと、ひとりにさせようとしてたくせに……！

いったい、なにをたくらんでるの？

「ちょっと待ってよ！」

階段をおりて、下駄箱の手前まで来たところで、わたしは小鳥ちゃんのうでを振りはらった。

「どういうこと？　説明して！」

「説明？」

小鳥ちゃんが立ちどまって首をかしげる。

「だって、ずっとわたしの悪口を言って、ひとりぼっちにさせようとしてたのは、小鳥ちゃんじゃない」

「わたしが？」

小鳥ちゃんが、心底おどろいたように目を見開いた。

「わたしが真菜ちゃんの悪口なんて、言うわけないじゃない」

「うそ！　わたしにはっきり言ったじゃん。『真菜ちゃんには友だちなんていないんだよ。ひとりぼっちなの』って」

すると小鳥ちゃんはおかしそうに笑った。

「言ったよ？　だからなに？」

「じゃあ、妃那たちのこと、言えないじゃん！」

小鳥ちゃんはほほえみを浮かべたまま、あきれたように肩をすくめた。

「真菜ちゃんって、本当になんにもわかってないんだね」

「わかってないって、なにが？」

すると小鳥ちゃんは、わたしの腰のあたりを指さしてうすく笑った。

「真菜ちゃんの宝物、ど〜こだ」

わたしは、ぎくりとした。

小鳥ちゃん、あの折り紙のこと知ってるの？

湊と萌にしか伝えてないのに。

「わ、わたしの宝物って……？」

かわいたくちびるで問いかける。

それでも小鳥ちゃんはこたえない。

「さあ、どこだろ？　靴箱かなあ？」

その言葉に、わたしははじかれたように自分の靴箱にかけよった。靴を持ちあげると、そこに赤いハートの折り紙がおかれている。

『forever』

表面に今までと同じ文字が書いてある。

「真菜ちゃん、そんなに大事にしてくれてるんだね」

そう言うなり、小鳥ちゃんがわたしの前まで歩みよってきた。

「ま、まさか、これ……」

問いかける声が震える。

「じゃあ、ぜーんぶあげる」

肩にさげていた通学かばんから布の袋を取りだし、そのままわたしの目の前でひっくり返す。

まるで、降りそそぐ雨のようにわたしの視界が赤く染まる。

ザザッ
赤いハートの折り紙が音をたててわたしの足もとに落ちてきて、山のように積みあがる。

このメッセージをくれたのは、小鳥ちゃん？

うそでしょ。なんで？

ありえない！

まわりの景色がすべて色をなくし、足もとのハートの山だけが赤く色づいて見える。

「ひとりぼっちってツラいよね。だから、わたしがずーっとそばにいてあげる。だってわたしたち、双子みたいにそっくりなんだもん♡」

小鳥ちゃんはそう言うと、にこっと笑った。

その日から、小鳥ちゃんは言葉どおり、わたしのそばから離れなくなった。

朝、学校へ行くときもわざわざわたしの家までむかえに来るし、休み時間もお昼休みもずっと一緒。トイレにだってドアの前までついてくる。

部活中も、塾の授業中もわたしの横にいるし、家に帰ってからもしつこいくらいメッセージが送られてくる。

妃那とさくらは、みんなに小鳥ちゃんのことを「意味わかんない」とグチっているようだ。

でも、小鳥ちゃんはまったく気にしていない。

今までのことなんてなかったみたいに平然としていて、昨日見た動画の話や、もうすぐ学校である演劇祭の話なんかを普通にしてくる。

けど、正直、会話が頭に入ってこない。

小鳥ちゃんがなにを考えてどうしたいと思っているのか、ぜんぜん理解できないから。

適当に生返事してるだけなのに、それでも小鳥ちゃんは平気みたい。ひとりで楽しそうにしゃべっている。

そんなわたしたちを、萌はなにか言いたげな表情で、遠巻きに見ている。

前みたいに話しかけたら迷惑かなと思って、何回かメッセージを送ってみたけど返事が来ないし、萌からもなにも言ってこない。

小鳥ちゃんはなにかあるたびに、「わたしたち、友だちだよね」って確認してくる。でも、そう言われるたびに考えこんでしまう。

これって、友だちって言えるのかなって。

✦

その日の放課後、小鳥ちゃんは、いつものようにわたしの家までついてきた。

ばいばいと見送ったあと、しばらく玄関で身をひそめ、そっとドアを開けてみる。

(よかった。小鳥ちゃん、もういないや)

小鳥ちゃんが来てからというもの、部活にも、教室にも、わたしの居場所がなくなった。

ひとりぼっちになってしまったわたしをあの折り紙の送り主はかげから応援してくれている。

そう思って、ずっと心の支えにしていたのに、まさかそれが小鳥ちゃんだったなんて。

大事にお守りがわりにしていた自分がばかみたいだ。

だけど、わからないのはどうしてあれだけわたしをひとりにしていたくせに、今はべったり一緒にいるのか。どうしてこんなメッセージを送ってきたのか。

誰かに相談したくても、いつも小鳥ちゃんに見はられていて誰にも相談できない。お昼休みも小鳥ちゃんがいるから、湊とも話すことができないし。

(こうなったら、萌の家に直接行ってみるしかない)

萌なら、一緒に考えてくれるはずだ。

家をでようとドアを開けたところで足をとめた。萌が、立っていた。

「……萌」

萌は神妙な顔でわたしを見ると、「ごめん、突然来て」と頭をさげた。

「どうしたの?」

「スマホにメッセージ送っても、返事ないし、学校だといつも小鳥ちゃんがそばにいるから」

「え? メッセージ送ってくれた? うそ。届いてないよ」

いそいでスマホを開いてみて、おどろいた。いつの間にか、萌のことをブロックしていた。そりゃあ返事が来ないわけだ。

（でもなんで？　わたし、ブロックなんてしてないのに）

スマホを見てかたまっていたら、萌が言った。

「すこし話がしたいんだけど……、いいかな？」

「うん、もちろん。わたしも萌と話がしたかったんだ。うち、入る？」

そう言うと、萌はこくんとうなずいた。

10 メッセージの意味

わたしの部屋に案内すると、りょーちんがお茶を運んできてくれた。

「よかったら、お友だちも、飯食ってく？」

りょーちんがドアの隙間から萌にたずねる。

「あ、大丈夫です。家で食べるって親に言ってきたので」

萌がかしこまって言うと、りょーちんはにこっと笑った。

「そっか。じゃあ、またべつの日にあらためてごはん食べにおいでね」

そう言うと、静かにドアを閉めた。

「真菜んちのおとうさん、やさしい。真菜と似てるね」

「そうかな？」

りょーちんのことをほめられると、ちょっと照れるけど、素直にうれしい。

萌には、りょーちんが本当のお父さんじゃないって話はしていない。べつにかくしてるつもりはないけれど、言う必要もないから。

「あのね、わたし、真菜にあやまりに来たの」

萌は急に姿勢を正すと、深々と頭をさげた。

「本当にごめんなさい」

「それはもう前にあやまってくれたじゃん。登山遠足のとき、ひとりになったわたしのところに来てくれた。心細かったから、萌が来てくれて、すごくホッとしたよ。あのときは、本当にありがとう」

すると萌は涙を流して首を振った。

「ありがとうなんて、言わないで。だってわたし……」

「きっとわたしも萌と同じ立場なら、勇気なんてでなかったよ」

わたしは、萌の背中に手をあてた。

なんの心あたりもないのに、ある日突然、ひとりにされる。

それは、わたしたちにとって最大の恐怖だ。

だけど、その子を助けだすのはもっとこわい。だって、今度は自分がひとりにされるかもしれないから。

「でもね、それだけじゃないの」

萌は声を震わせてつづけた。

「わたしも、さくらと妃那と同じだよ。ずっと真菜のことうらやましいって思ってた。かわいくて、頭もよくて、やさしくて、運動もできて、藤澤くんともなかがよくて」

「え？　湊？」

なんでそこで湊の名前がでてくるの？

ふしぎに思ったけど、萌はそれにはこたえなかった。

「だから、ちょっと妬ましかった気持ちもあったんだ。……けど」

そこまで言ったところで、萌の瞳からぐんぐんと涙がもりあがっていく。

「やっぱり苦しくて……。だって、真菜は中学に入って初めてできた友だちだもん。入学してすぐ、友だちできるかなって不安だったときに一番はじめに声をかけてくれたのは、真菜だった。それからもずっと一緒にいてくれたのに」

萌は流れおちる涙をふきもせず、つづけた。

「勝手なこと言ってるってわかってる。許してもらおうなんて思ってない。けど、言わせて。本当にごめんなさい」

わたしは床に手をつこうとする萌の手に自分の手をかさねた。

「許すも許さないもないよ。萌は、わたしの友だち。そうでしょ？」

わたしの言葉に、萌は天井を見あげて、わんわん声をあげて泣きだした。その泣き顔を見て、わたしも泣いてしまった。

ひとりにされたことは悲しい。けど、萌が悩んでいたことは、わたしにもわかっていた。だから怒るなんてできないよ。

ずっと泣かないようにしてたけど、今は勝手に涙があふれだしてくる。ふたりでしばらく泣いていたけれど、おたがいのひどい顔を見て、ぷっとふきだした。

「なんで笑うの」

「真菜こそ」

ふたりでしばらく笑いあったあと、萌がぽつりとつぶやいた。

「けどさ、小鳥ちゃんって、なに考えてるんだろうね」

「……えっ、萌もそう思う？」

わたしがたずねると、萌はこくんとうなずいた。

「わたしたち、小鳥ちゃんが転校してくるまでは四人でなかよくやってたじゃない？　けど、小鳥ちゃんが来てからすこしずついろんなことが変わっていっちゃった」

「……うん、そうだね」

うなずきながら、口のなかに苦いものが広がっていく。

「……でもね、小鳥ちゃんが真菜のこと悪く言ってるの、実は一度も聞いたことないんだ」

「えっ、そうなの？」

意外な言葉に、わたしの声が裏返る。

「うん。もともと、真菜のこと悪く言いはじめたのはさくらと妃那だったの。でも、あのふたりが率先して真菜を陥れようとしてたわけじゃないんだ。直接命令されたわけでもないのに、あやつられたみたいな感じっていうのかな……。小鳥ちゃんが真菜を孤立するように仕向けたのはまちがいないとは思う。けど、だからといって、小鳥ちゃんが真菜を嫌ってるようにも思えないんだよね……」

「ちょっと待って。それ、どういうこと？」

意味がわからずに聞きかえしたけど、萌も困ったように額に手をあてた。

「うーん、わかんないよね。言ってるわたしもよくわかんないの。ごめんね、うまく説明できなくて」

今、萌に言われたことを頭のなかで整理してみる。

たしかにさくらと妃那は気が強いところはあるけれど、自分からなにかをするというよりは、まわりのノリに合わせるようなタイプだ。萌が言う『あやつられたみたいな感じ』、というのはなんとなくわかる。けど、小鳥ちゃんがわたしを嫌っていないなら、なんのためにわたしが孤立するように仕向けたんだろう？

ふたりともだまって考えこんでいたら、トントンとドアをノックする音がした。

「またお客さんだよ」

りょーちんが顔をだし、意味深な顔でにたりと笑う。

「え、お客さんって、誰？　こんな時間に」

時計を見ると、もう七時だ。

「湊くん。ひさびさに会ったから、一瞬誰だかわかんなかったよ。背がのびて、男っぽくなってさ」

「え、湊？　なんで？　まあいいや。入ってもらって」

そばで聞いていた萌の顔色が、さっと変わる。

「ご、ごめん。わたし、もう帰るよ」

あわてて立ちあがろうとする萌の肩を押さえた。

「なんで？　いいじゃん。萌も一緒にいてよ」

「だ、だって……！」

萌があわあわしている間に、湊が「ウッス」と言って、部屋に入ってきた。萌が顔を真っ赤にして、座っていたクッションごと左にずれる。

「こ、こんばんは」

萌が消えいりそうな声であいさつすると、湊は「おう」と軽く返して、わたしと萌の間に座った。

「で、なんなの？」

わたしがずばりたずねたら、湊は「あのさ」ときりだした。

「小鳥遊って、俺たちと同じ保育園だったらしいぜ。家の事情で引っ越したけど、またこっちにもどってきたんだって」

「え？　わたしたちと同じ保育園って……どういうこと？」

急な話題に、戸惑いながらたずねたら、湊も肩をすくめた。

「わかんね。母ちゃんがどっかで聞いてきたんだ。そのころの写真ないかなって思ったんだけど、どこにあるかわかんなくてさ。真菜は、保育園時代の写真って持ってる？」

「えーっ、どうだろう。ママに聞いたらわかるけど、今いないからなあ。でも、『たかなし』って名前の子なんていなかったと思うんだけど」

思いだそうとしてみるけれど、そんな昔のこと、ぜんぜん覚えていない。

「保育園のころって、苗字じゃなくて名前で呼びあうじゃん。小鳥遊ってなんて名前だっけ」

「『はな』だよね。けど、そんな子いたかなあ……。あ、そうだ。実はさ」

わたしは萌と湊に、赤いハートの折り紙の送り主が小鳥ちゃんだったことを伝えた。

「え～っ、小鳥ちゃんだったの？　それどういう意味なの？」

萌が困惑したように声をあげる。

「わかんないよ、わたしだって。しかもさ」

わたしはそう言うと、シェルフの引きだしから紙袋を取りだした。あの日、小鳥ちゃんが引っくりかえしたハートの折り紙の山だ。

紙袋のなかを見て、萌が「ヒッ」と身をちぢめた。

「なに、これ」

「ぜんぶ小鳥ちゃんだよ。わたしの持ち物にこっそり入れようとしてたみたい。気味が悪いけど、そのままにしておくわけにもいかないから、持って帰ってきたんだ」

「……けど、この数、普通じゃないよ。それになに？　この英単語。なんの意味があるわけ？」

青ざめた顔で、萌がハートの折り紙をこわごわ持ちあげる。

そこで、それまでずっとだまっていた湊がハートの折り紙を手に取った。ひとつずつメッセージをたしかめて、「やっぱりそうか」とつぶやいた。

「え。なに？　なんかわかったの？」

わたしがたずねると、湊がポケットに手をつっこんでスマホを取りだした。そしておもむろに画面を操作すると音楽を流した。聞きおぼえのある曲。

「……ちょっと待って。これ、小鳥ちゃんがいつもハミングしてる曲？」

わたしのつぶやきに、萌がうなずく。

「だよね。わたしも思った」

「これさ、シーホースの『stand by me』って曲なんだけど」

「えっ」

たしかに、小鳥ちゃんはシーホースのCDを持っていた。湊に貸したって言ってたけど、それが折り紙となんの関係があるんだろう？

そう思っていたら、湊がまたスマホの画面を操作した。

「で、これがその歌詞」

画面を見ると、英単語がならんでいる。『stand by me』『I know you』『together』それから『forever』、他のハートに書かれてる言葉もあてはまる。

「ほら、これもぜんぶ」

湊がハートの山から英単語をならべていくと、『stand by me』の歌詞とぴたりとあてはまった。

「……うそ！」

湊はだまってもう一度画面をタップした。とたんに英語の歌詞が日本語に変わる。

きみがどこにいても
ぼくはきみのそばにいる
だって　ぼくはきみを知っている
誰よりも　深く
誰よりも　広く
生まれる前から出会うと決まっていた

ぼくの運命の人
だから　ずっとそばにいる
いつまでも　永遠に

「これ、ラブソングじゃない？」

萌のつぶやきに、わたしもうなずく。

「だよね。なんでそんなの、折り紙に書いてるんだろ。なにを伝えたいのかわかんないよ」

すると湊がスマホの音源をとめて言った。

「『過去が現在に影響を与えるように、未来も現在に影響を与える』」

「はっ？　なにそれ」

「ニーチェの言葉だよ。過去になにかあったのなら、小鳥遊に直接聞いてみたら？　本人に話聞くのが一番手っ取りばやいだろ。そしたら問題解決が近づくんじゃね？」

（なるほど。湊のくせに、たまにはいいこと言うじゃん）

それでもやっぱり不安はなくならなくて、わたしはたしかめるようにちらっと萌を見た。

「萌はどう？」

「うん。わたしもそう思う」

萌も、はげますようにうなずいた。

(あの小鳥ちゃんが、ちゃんとこたえてくれるのかな)

不安がないと言えばうそになる。でも、湊が言うとおり、本人に聞くのが一番手っ取りばやいよね。

「……わかった。聞いてみるよ」

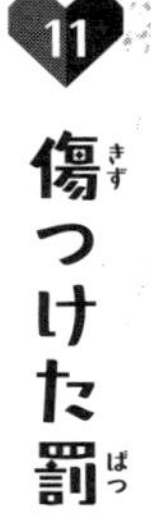

11 傷つけた罰

本当は、小鳥ちゃんに聞く前にママに保育園時代の話を聞きたかったんだけど、昨日、ママは夜勤で会えなかった。しかたなく、翌日の部活帰りに思いきって小鳥ちゃんにたずねてみた。

「前まであんなにわたしのこと避けてたのに、どうして今はわたしにべったりなの？」

小鳥ちゃんはきょとんとしてから笑った。

「えー、どうしたの？　急に」

（またはぐらかす気だ）

「わたしと小鳥ちゃんって、同じ保育園だったんだよね」

「え！　真菜ちゃん、やっと思いだしたんだ」

小鳥ちゃんが手を合わせて、ぱあっとやわらかい笑顔になる。

「でもさ、なんなの？　あのハートの折り紙。書いてる英単語ってシーホースの『stand by me』って曲の歌詞だよね。あの歌詞にどんな意味があるの？」

つづけてたずねたわたしの言葉に、さっきまでのやわらかい笑顔が引っこむ。

「はっ？　なにそれ」

まるで汚いものでも見るような冷たいまなざし。小鳥ちゃんのこんな表情、見るのは初めてだ。

「……もしかして藤澤に聞いたわけ」

いつもとちがう低い声。

普段はあんなに甘えた声で「藤澤くん」なんて言ってるのに、はきすてるように「藤澤」って呼びすてにしている。

「そうだよ、湊に協力してもらった。悪い？　だってぜんぜん意味がわからないんだもん。昔、保育園が一緒だったことがなに？　もしかして、わたし、そのときなにかした？　けどごめん。わたし、小鳥ちゃんのことぜんぜん覚えてないんだ」

「わかってたよ、真菜ちゃんが昔のこと、すっかり忘れちゃってること。だからこれだけヒントをあげたんじゃない」

小鳥ちゃんは目を細めて、今度はわたしの目をとらえた。

「なのに思いださないって、信じらんない。真菜ちゃん、自分がどれだけひどいことしたか、わかってないの？　許せない！」

「ひどいことって……。保育園に行ってたのってもう十年近く前だよね？　ごめん、そんな昔のこと覚えてないよ。もしもわたしがなにかしたならあやまるから、教えてくれない？　わたし、小鳥ちゃんになにをしたの？」

「これだけヒントあげてるのにふざけないでよ。真菜ちゃんが思いだしやすいようにまわりにいるよけいな子たちも追っぱらってあげたのに！」

なにそれ。

それなら小鳥ちゃんは、最初から昔の復讐をするためにわたしに近づいたってこと？

こわい、こわすぎるよ……！

ぞぞっと足もとから寒気が這いのぼってくる。

「いいかげんにして！」

わたしはあとずさって小鳥ちゃんから一歩離れた。

「そんなまわりくどいことしないでよ。わたしが昔、小鳥ちゃんを傷つけたなら、何度だってあやまるよ。本当にごめんなさい。でも、過去のことはわたしたちふたりの問題でしょ？　萌たちを巻きこむのはやめて！」

すると小鳥ちゃんは、ばかにするように鼻で笑った。

「あっきれた。真菜ちゃんってば、あの子たちの心配なんてしてるの？　妃那とさくらはもちろんだけど、萌だって、自分のことしか考えてないじゃん。その証拠に、簡単に真菜ちゃんのこと、裏切ったよね？」

「それは……」

とっさに言いかえせなくて、うつむく。

「大丈夫。わたしはやさしいから、真菜ちゃんが『あのこと』を思いだすまで、ずっと一緒にいてあげるよ。うれしいでしょ？　ひとりぼっちにならずにすむんだから」

そう言って、わたしのうでに自分のうでをからめてくる。

（なんでそうなるの？　意味わかんない）

わたしは小鳥ちゃんのうでから自分のうでを引きぬいて言った。

「うれしくなんてないよ！　そんな理由で一緒にいても、おたがい楽しくない。自分で思いだすから。一緒にいてくれなくていい！」

わたしの言葉に、小鳥ちゃんのまゆがつりあがる。

「**あっ、そう。それなら、勝手にすれば？　そのかわり、真菜ちゃんには、罰が必要だね**」

「ば、罰……？」

そんな言葉が飛びだすと思わなかった。思わず声が上ずる。

「そうだよ。『あのこと』を忘れてわたしを傷つけた罰。真菜ちゃんにも同じくらい傷ついてもらわなくちゃ、許せるわけないじゃん」

「いいよ、やりたいならいくらでもやれば？」

思わず言いかえすと、小鳥ちゃんは不敵な笑みを浮かべた。

「……ふーん。その言葉、忘れないようにね」

小鳥ちゃんは言うだけ言うと、わたしをおいて行ってしまった。

（……なんなの、あれ）


わたしは混乱したまま家にもどった。

（聞けば聞くほどわかんない。小鳥ちゃんは、なにがしたいんだろう？）

家に帰ってすぐに保育園時代のアルバムを探したけど、やっぱり見つからない。そこへちょうどママが帰ってきた。

「ただいまー、あー、疲れたあ」

いつものように、よれよれで帰ってきて、玄関で靴をぬいでいる。

「おかえりなさい。ねえ、ママ。小鳥遊はなちゃんって知ってる？　わたしと同じ保育園の」

勢いこんでたずねると、ママは露骨に嫌な顔をした。

「えー、なによ、帰ってくるなり。タカナシさん？　誰それ。知らないよ」

「それじゃあアルバムは？　どこ探しても見つからないんだよ。どこにあるの？」

「アルバム？　もう〜、まだうがいもしてないんだよ？　人づかいあらいんだから」

ママはぶつぶつ文句を言いながら、クローゼットへ向かう。

「はい。これ」

ママからアルバムを渡されて、ひったくるようにしてめくる。けど、いくら目をこらしてもどれが小鳥ちゃんかなんてわからない。

「これ、名前とか書いてないの？　その子、引っ越したあと、最近またこっちにもどってきたらしくて……」

そこで、初めてママが反応した。

「え？　それって、井上さんのことかな」

「井上さん？」

ママはうなずくと、自分のかばんからスマホを取りだした。

「えーっとね……、あ、このアカウントかな。井上さんは、ぜんぜん投稿してないけど」

そう言って、ママはスマホの画面をわたしに見せた。アイコンは標準のままで、名前はカナと書いている。フォロワー数も少なくて、読む専門らしく、投稿はなかった。

「井上さんじゃないよ。小鳥遊さんだってば」

「だから、それって井上はなちゃんのことでしょ？　卒園する前にママが再婚して、引っ越しちゃったの。だからアルバムにも載ってないんだよ」

（いのうえ……、はな？）

名前を聞いても、まだ覚えがない。

でも、そうか。おかあさんが再婚したから苗字が変わったんだ。

ちなみにうちは、りょーちんがママの苗字になったから伊藤のままで変わっていない。

「ねえ。わたし、そのはなちゃんって子と、なかよかった？」

「うーん、どうなんだろ。あんまり覚えてないなあ……。なんでその子の話ばっかするの？」

ママに聞かれて、わたしは心配をかけないように、でも正直に話してみた。

「どうやらわたし、昔、その子になんか悪いことしたらしくて。ママは覚えてない？　先生から注意されたこととか」

するとママが「あるわけないじゃな〜い」とほがらかに笑った。

「親ばかかもしれないけどさ、真菜は天使みたいにいい子だから、昔から、先生にほめられてばっかりだったよ。ママに似たのかな？」

そう言って、おどけたように肩をすくめる。不意打ちで言われたその言葉に、なんだか泣きそうになってしまった。

「け、けど、はなちゃんって子のママとなかよかったなら、遊んだりしてたんじゃないの？」

泣きそうな顔を見られないようにママから視線をはずすと、

「ちがうんだよ。それがさ」

そう言って、ママが話しはじめた。

ママとはなちゃんのママは、送り迎えの時間がよく一緒になって、顔を合わせているうちに、年齢が近いこと、おたがいシングル同士だってこともわかって、SNSのアカウントを交換したんだそうだ。

「どっちも仕事が忙しくてゆっくり話すことはできなかったから、SNSでは結構やりとりしてたんだ。ちょうどそのころ、ママはりょうちゃんと再婚するか悩んでたんだよね。そしたら井上さんも同じように再婚を考えてる人がいるって聞いて、悩み相談しあってたんだ」

その後、はなちゃんちが引っ越したあともしばらくはママの投稿に反応があったらしい。

「でもさ、井上さんとこは、再婚相手とはなちゃんがあんまりうまくいってなかったみたいで」

ママはそこから先は教えてくれなかったけど、よくない雰囲気だったんだろうなということだけはなんとなくわかった。

「気がついたら、いつの間にか疎遠になっちゃってたんだよね。ママも、今、真菜に言われるまで、井上さんのこと忘れてたよ。どうしてるんだろうねえ」

いつも陽気なママが、めずらしくしんみりした顔になった。

（そっか、そんなことがあったんだ……）

もしも小鳥ちゃんが、そのはなちゃんって子だったのなら、わたしと同じ保育園だったのは本当のことみたい。でも、ママの話を聞くかぎり、特になにかがあったようには思えなかった。

（いったいわたしと小鳥ちゃんの間になにがあったんだろう？）

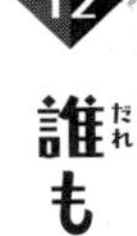

誰も信じてくれない

翌日、学校に行ったら空気がちがっていた。

どんな手を使ったのか、小鳥ちゃんは昨日わたしに宣言したとおり、ちゃっかりさくらたちのグループにもどっていた。

(ま、べつにいいけどさ)

「おはよう」

気にせず、みんなに声をかけたら見事に無視された。

休み時間になると、みんな、さあっとわたしのそばから離れてしまい、ひとりきりでぽつんと教室に取りのこされた。萌は声をかけたそうにこっちを見ていたけれど、わたしは小さく首を横に振った。

(はあ〜、またか)

下手に話しかけたら、今度は萌が攻撃されてしまう。だから、もしものことを考えて、学校ではわたしに話しかけないでいいよって昨日のうちにメッセージを送っておいたのだ。

いくら覚えがないとはいえ、わたしが小鳥ちゃんにひどいことをしたのが原因みたいなんだから、ちゃんと自分で解決しなくちゃだめだよね。

しかたなくかばんから本を取りだして読みはじめた。いつもひとりで本を読んでいる湊の真似だ。だけど、やっぱり集中なんてできない。数ページ読んだところであきらめて、本を閉じる。

湊ってすごいな。いくらひとりでも平気だって思おうとしても、やっぱりそんな簡単にわりきれないよ。

ほおづえをついてぼんやりしてたら、

「読書なんてめずらしいじゃん」

湊がわたしの席の前に座った。

「べつにいいでしょ」

言いながら、本をかばんにもどそうとしたら、ひょいっと取りあげられた。

「へえ～。これ、俺も読んでみたかったやつだ。読みおわったら、貸してくれよ」

「ダメ。いつ読みおわるかわかんないし！」

そう言って、取りかえした。

「そっちこそめずらしいじゃん。湊のほうからしゃべりかけてくるなんて」

口をとがらせてそう言ったら、湊は「そうだっけ？」ととぼけた。

「とにかく、それ、はやく読めよ。俺、今手持ちの本少ないんだから」

言うだけ言うと、湊は自分の席へともどっていった。

「なによあれ」

そうつぶやいたあと、ふっと笑う。

（……湊なりに、気をつかってくれてるのかな）

『誰かと一緒にいて、うまくいかないんだったら、べつにひとりでいればいいんじゃねえの？』

前に、湊がかけてくれた言葉。

（……そうだよね。いちいち気にしてたら、小鳥ちゃんの思うつぼだ。考えてもどうにもならないことを悩むのは、やめよう）

そう思ったら、ちょっとだけ気が楽になった。

わたしはふたたび本を開き、また読書をはじめた。

「では、説明をはじめます。今配布したプリントを見てください」

ホームルームの時間、学級委員の説明を聞きながら、わたしは深いため息をついた。

（演劇祭のこと、忘れてた……）

わたしたちの学校には、一学期に演劇祭という大きな行事がある。名前のとおり、各クラスで演劇をして点数を競いあう。このときの点数が二学期にある体育祭の持ち点になるので、毎年、白熱するらしい。

今週から、その演劇祭の準備期間に入った。

わたしたちのクラスは『不思議の国のアリス』の朗読劇をすることになっている。わたしは劇の間、舞台上においておく看板をつくる係になった。それも、小鳥ちゃんと。

係決めをするときに、小鳥ちゃんが強引にわたしとふたりでやりたいと立候補したのだ。断ろうとしたけれど、湊と萌以外のクラス全員に拍手されて押しきられてしまった。

（絶対なにかたくらんでるに決まってる……！）

これから演劇祭までの一週間、部活は休みになって、放課後、準備をすることになっている。

だけど本当に小鳥ちゃんは、わたしと素直に看板づくりをしてくれるんだろうか？

ホームルームのあと、おそるおそる声をかけてみる。

「ねえ、小鳥ちゃん。わたしたち、看板係だよね。どんなふうにすすめるか決めたいんだけど、今、いい？」

すると、小鳥ちゃんは、にこっとほほえんだ。

「うん。いいよ」

（あ、ちゃんとやってくれるんだ）

「まずは、デザインを決めよっか。それから材料を生徒会室に取りに行って……」

ほっとして、わたしがノートに書きながらつづけようとしたら、小鳥ちゃんは笑顔のままわたしに顔を寄せてささやいた。

「真菜ちゃんって、お人よしだね」

「え？」

一瞬、なにを言われたのかわからなくて問いかえす。

「クラスの子たちなんて、なにかあったらすぐに真菜ちゃんのこと裏切るのに。わたしの一言で、みんなおもしろいくらい簡単にだまされる。そんな子たちのために、一生懸命看板づくりなんてやっても意味なくない？」

小鳥ちゃんは、まるでおもしろ動画の話をするみたいに、おかしそうに笑った。

「そんなこと……」

わたしが言いかえそうとしたら、小鳥ちゃんはかぶせるように言った。

「みんなに好かれようとして、いい子ぶるのは、やめなよ。それ、真菜ちゃんの悪いクセだよ」

「いい子ぶってなんか、ないよ。わたしは、このクラスの一員だもん。みんなのために自分ができることをしたいだけ。べつに誰かに好かれようとしてやるんじゃないし」

自分の思ったことを正直に伝えたら、小鳥ちゃんはすっと笑顔を消して真顔になった。

「真菜ちゃんって、本当に強情だね。どうしてわたしの言うことが聞けないの？」

「どうして小鳥ちゃんの言いなりにならなきゃいけないの？　わたしは、小鳥ちゃんのものじゃない」

わたしは、きっぱりと言いきった。

小鳥ちゃんは目を細めてわたしを見ていたけど、ふっと息をはきだした。

「あっそ。……でもね、真菜ちゃんは、結局わたしの言うことを聞かなきゃいけなくなるよ。絶対に」

小鳥ちゃんはわたしの耳もとでそうささやくと、鼻歌を歌いながら行ってしまった。最後に天使のような笑みを浮かべて。

その意味ありげな表情に、胸騒ぎがする。

(……どういう意味?)

✦ × × ✕ ✦ × ✕ × ✦ × ✦ ✕ × × ✦

小鳥ちゃんはそれっきり、わたしに話しかけてこなくなった。

こちらから話しかけようとしても、さくらたちに邪魔される。看板づくりもやらないみたい。

だからといって、ほったらかしにはできないから、わたしひとりでやるしかない。

(どうせやるなら、みんなに喜んでもらえるような看板つくろうっと)

わたしは気持ちをきりかえて、スケッチブックに向かった。

アリスの劇を象徴するキャラクターをあちこちに描いてみる。ネットで見つけた洋書版のアリスのタイトルを真似てレタリングしてみたら結構おしゃれな感じになった。

(よし、これでいこう)

土台になるベニヤ板に丁寧に下書きをして、生徒会室に預けておいた。

翌日の放課後、作業のつづきをするために生徒会室に行ったら、『看板係』の子が取りに来たから渡したと言われた。

(えっ、なんで?)

いそいで教室にもどったけれど、小鳥ちゃんの姿はない。どこに行ったんだろうと窓から外を見ると、体育館前の広場で、さくらたちに囲まれて、ベニヤ板になにか描いている小鳥ちゃんを見つけた。

「小鳥ちゃん、看板、運んでくれたの?」

いそいでかけつけて声をかけたら、さくらがじろりとわたしをにらんだ。

「自分の係くらい、ちゃんとやりなよ」

「小鳥ちゃん、ひとりで運ぼうとしてたんだからね」

(えっ)

どうやら、小鳥ちゃんはみんなに、『真菜ちゃんが手伝ってくれない』って泣きついたみたいだ。

(あ〜あ、またそんなうそついたんだ)

今ここで言い訳したって、どうせまた言いくるめられるに決まってる。わたしは素直にごめんと頭をさげた。

みんなが自分の持ち場にもどっていき、あとにはわたしと小鳥ちゃんだけが残された。ふたりとも、しばらく無言で作業していたけれど、ふいに小鳥ちゃんが手をとめて言った。

「なんで言い訳、しなかったの？」

「言ってもしょうがないもん」

わたしは背景をぬりながらこたえた。小鳥ちゃんが、フフッと笑う。

「どうせ信じてもらえないってあきらめてるんだね。それが賢いよ。今回のことでよ～くわかったでしょ？」

わたしは、ふうっと息をはいてから、板を持ちあげた。

「そんなこと、ないよ。もちろん、わかってくれない子もいるだろうけど、そんな子ばっかりじゃない。決めつけないで」

わたしが言うと、小鳥ちゃんは「あっそ」とばかにしたように言って、持っていた刷毛を放りだしてスマホをいじりはじめた。

「ねえ、作業しようよ」

わたしが声をかけても、完全無視だ。

いくら話をしようとしても、わたしと小鳥ちゃんの会話は平行線だ。『自分のそばにいろ』の一点張り。普通に考えて、そんなのおかしいって思わないんだろうか。

まじまじと小鳥ちゃんの横顔を見つめる。よく知っている顔なのに、誰か知らない人みたい。

わたしにあやまらせたいと思ってるなら、はっきり言えばいいのに、どうしてそうしないんだろう？　考えれば考えるほど理解できなくて、混乱してしまう。

（もう、考えるのはよそう。看板づくりも、手伝ってくれなくていいや。わたしひとりでもがんばればなんとかなるだろうし）

それから数日間、小鳥ちゃんは看板づくりにはまったく参加してくれなかったけど、わたしはかまわずひとりでつくりつづけた。

休み時間、昼休み、放課後……。

やりはじめると意外と楽しく、看板づくりに熱中することで、ひとりの時間を持てあまさずにすんだ。

そして演劇祭の前日。

「やっとできた……！」

わたしはできあがったばかりの看板からすこし離れて全体を見た。

劇のタイトルのまわりに描いたマッドハッターの紅茶のカップに、白ウサギの懐中時計、ハートの女王の冠。遠くからでも目立つようにまわりを白く縁取ってみた。自分で言うのもなんだけど、なかなかの出来だ。

（みんながこの看板を見て喜んでくれるかどうかはわからないけど、とにかくわたしがやれることはぜんぶやりきれたかも！）

はやく見てもらいたいけど、やっぱり本番にお披露目するほうがいいよね。

そう思って、できあがった看板は、ひとりで体育館に運んだ。

指定された場所において外にでる。

「うーん、我ながらよくがんばった！」

充実感でいっぱいで、思いきりのびをしていたら、視線を感じた。

振りかえると、となりの校舎の渡り廊下に小鳥ちゃんの姿が見えた。なにがおかしいのか、こっちを見て意味ありげにニヤニヤ笑っている。

（わたしがちゃんと看板つくったのか確認しに来たのかな）

気になったけど、いまさら声をかける気にもならない。わたしは知らん顔で小鳥ちゃんに背を向けて歩きだした。数歩歩いたところでやっぱり気になって、そっと肩ごしに振りかえる。だけど、渡り廊下にはもう小鳥ちゃんの姿はなかった。

✦ ✕ ✕ ✕ ✦ ✕ ✕ ✕ ✦ ✕ ✦ ✕ ✕ ✕ ✦

本番当日。

できあがった看板は、大道具の子たちが運んでくれることになっているので、わたしは特にやることがない。おかげで、ゆっくり他のクラスの劇を観ることができそうだ。

(観るって言ったって、どうせひとりなんだけど)

観客席へ移動しようとしたところで、大道具の子たちがわたしを追いかけてきた。

「ちょっと、伊藤さん、待って!」

切羽つまった声におどろいて振りかえる。

「どうしたの?」

「どうしたの、じゃないよ。看板、どこやったの?」

「どこって……。昨日体育館に運んでおいたけど」

戸惑いながらこたえたら、「どこにもないし!」と他の子が怒鳴った。

そんなはずはない。昨日の夕方、ちゃんと運んだし、場所だって確認した。

大道具の子たちといそいで体育館へ向かう。だけど、昨日おいた場所に看板はなかった。

「他の道具とまちがえて一緒に運ばれたってこと、ない？」

わたしがたずねても、みんな、一斉に首を横に振る。

「そんなわけないでしょ。みんなで確認したもん。ねえ？」

「ああ、どこにもなかったぞ」

あとから来た男子たちも口々に言う。

（……え〜っ、そんな！）

「どうするの？　はじまるまであとすこしだよ？　だいたい、看板係は伊藤さんと小鳥ちゃんでしょ？　小鳥ちゃんも呼んできてよ。いったい、看板、どこにやったの？」

なんでなくなったんだろう？　昨日ちゃんとおいたのに……。

そこで、ハッと頭のなかに思いうかんだ。

昨日の小鳥ちゃんの意味ありげな笑顔。

（……まさか！）

「あのう」

そこでか細い声がした。

振りかえると、小鳥ちゃんが目をうるませながら手をあげている。

「看板、見つけました。体育倉庫の裏に」

「えっ、そうなの？」

「いそごうぜ」

みんなが、一斉に走りだして体育倉庫のほうへ向かう。

すると、そこには無残に破壊された三組の看板が落ちていた。

「なにこれ」

「ひっでえ」

みんながバキバキに割られた看板にかけよる。

わたしは信じられない気持ちで破壊された看板を見た。

（ひどい！　誰がやったの？　あんなにがんばってつくったのに……！）

するとあとから来た小鳥ちゃんが、震える手で割れた看板の破片を拾いあげた。

「看板をつくるとき、わたしが声かけても、真菜ちゃん、ぜんぜんやろうとしてくれなかったんです。しかたないから、わたしがひとりでデザインを決めようとしたら、真菜ちゃん、それが気にくわなかったみたいで。途中からわたし、手伝わせてもらえなくて……」

そこで、誰かが、きゃあっと声をあげた。

看板の破片をにぎりしめた小鳥ちゃんの指から、赤い血がしたたっている。

「大丈夫？　小鳥ちゃん」

「こんなの、触らなくていいよ。血がでてるじゃん……！」

そばにいた妃那が小鳥ちゃんの指にハンカチを押しつける。

わたしはおどろいて否定した。

「そんな。わたし、最初からちゃんと……」

「うそだね」

すぐに、さくらがぴしゃりと言った。

「真菜がいないから、わたし、妃那と手伝ったんだよ。ね？」

さくらと妃那がうなずきあう。

「だからそれは……！」

わたしが口をはさもうとしたら、小鳥ちゃんがかぶせるように声をあげた。

「真菜ちゃん、看板づくりのことでわたしに怒ってたみたいだし、クラスの子たちから口きいてもらえないことも怒ってたから、それでたぶん……」

そこで小鳥ちゃんは赤く染まったハンカチを手に、口をつぐんだ。

「え、本番直前に看板壊して、クラスのみんなに復讐したってこと？」

「マジで？」

「こわすぎんだろ」

みんながざわめきはじめる。

「俺、前から思ってたんだけどさあ」

急に菊池が、声をはりあげた。

「伊藤って、性格最悪だよな。裏表があるっていうか」

そう言って、わたしをちらりと見る。

（裏表？　わたしが……？）

見ると、さっきまで泣いていた小鳥ちゃんがこっちを見てにやりと笑っている。昨日と同じ笑顔で、みんなに気づかれないように。

どうしてみんな、簡単に小鳥ちゃんの言うことを信じるの？

わたしの言葉を信じてくれないの？

心臓の音が大きくなって、息が苦しくなる。

ちゃんと本当のことを伝えなきゃ。そう思うのに、言葉がのどにつっかえる。

そのときだった。

「もうやめて！」

その声にみんなが一斉に振りかえる。そこにいたのは、萌だった。

「小鳥ちゃんが言ってることは、ぜんぶうそだよ！」

（……萌!?）

おどろいている間に、萌はまくしたてるようにつづけた。

「真菜は、そんなことする子じゃない！　看板づくりだって、小鳥ちゃんは最初しかしてない。あとは真菜がぜんぶひとりでやってたんだから」

するとすぐに、小鳥ちゃんが「ひどい」と声をあげた。

「どうしちゃったの？　萌。なんで急にそんなこと言うわけ？」

まるで生まれたての仔犬みたいな顔で、声を震わせる。

「だって、本当のことだから！」

萌が声をはりあげると、小鳥ちゃんはあわれむような目で萌を見かえした。

「もしかして、真菜ちゃんに脅されてるの？　わたしを悪者にするようなうそをつけって」

萌に問いかけていた小鳥ちゃんが、今度はわたしに向きなおった。

「ねえ、真菜ちゃん、そんなにわたしが嫌いなのかな。わたしは真菜ちゃんとなかよくしたいって思ってるだけなのに」

そう言いながら、小鳥ちゃんがぽたぽたと涙を流した。

なにも知らないさくらたちが、小鳥ちゃんのそばにかけよる。

「小鳥ちゃん、泣かなくていいよ」

「そうだよ。真菜のうそなんか、誰も信じてないし」

みんなが小鳥ちゃんの背中をさすって、わたしをにらみつけてきた。その光景に絶望する。

(もうだめだ。なにを言っても通じない。小鳥ちゃんになんて勝てっこないよ……!)

そこで、萌がおもむろにタブレットを取りだした。

「真菜はうそつきじゃない！　ちゃんと証拠だってあるんだから！」

そう言うなり、萌がタブレットを操作しはじめた。とたんにあたりがざわめく。

「証拠って、どういうこと？」

それにはこたえず、萌はタブレットの画面をみんなに向けた。

「これ、見て」

画面が大きく揺れる。つづいて映しだされたのは、体育館の入り口。そこに誰かが看板を運びだしている姿が映っていた。とたんに、みんながどよめく。

「わたし、記録係だから本番前に練習しておこうと思って、みんなよりはやく登校したの。そしたら、誰かが体育館から看板を運びだそうとしてるのを見つけて、なんでかなって思ってたの。もしかしたらそんな指示があったのかなと思って注意しなかったけど、やっぱり気になったから、念のため撮影しておいたの」

萌が動画を見せながら説明する。

体育倉庫はグラウンドのすみにあり、演劇祭がある体育館とは反対方向にある。そんなところに移動させる指示なんて、もちろん聞いていない。

「ここから先はこわくて近くに寄れなかったけど……」

タブレットの画像が大きく揺れ、萌の息づかいが聞こえる。

もう一度画面が揺れ、暗がりにズームアップしていくと、そこにはソックスのワンポイント模様らしきものが映っていた。

つられて小鳥ちゃんの足もとに目を移すと同じワンポイントのソックスをはいていた。

「えっ、ちょっと待って」

「看板を運んだのって……」

みんなが口々に言いながら小鳥ちゃんのほうを見る。

「待ってよ。同じソックスはいてる子なんて他にもいるって」

小鳥ちゃんが、あわてたように取りつくろう。

今度は、なにかを踏みつぶすような音と一緒に、「どうして言うこと聞かないんだよ！」「ふざけんな！」「罰だ！」「罰だ！」という金切り声が聞こえてきた。

その合間に、画面はなめるように下から上へとあがっていく。そこには目をつりあげて叫びながら、何度も看板を踏みつぶす小鳥ちゃんの姿がはっきりと映っていた。

その場にいたみんなは凍りついたように静まりかえった。

「……こいつ、やべえ」

菊池がうす気味悪そうに小鳥ちゃんを見て言うと、「おい、行こうぜ」と逃げるように体育館へともどっていった。他の男子たちもそのあとにつづく。

あとに残った女子たちが、小鳥ちゃんを取りかこんだ。

「ちょっと、どういうつもりよ」

「ぜんぶあんたのしわざじゃん！」

みんなが激しい言葉で小鳥ちゃんを責めたてる。それでも小鳥ちゃんは真顔のままなにも言わない。

「ちょ、ちょっと、やめなよ」

とめようとしても、みんなの怒りはおさまらない。

いらだった子たちが、しまいに小鳥ちゃんの肩を小突いたり、背中をつきとばしたりしはじめた。それでも小鳥ちゃんはなにも言いかえさず、されるがままで、ついには、地面にたおれこんでしまった。

「大丈夫？　小鳥ちゃん」

わたしが抱きおこそうとしたら、

「やめなよ。そんなやつ、助けなくていいよ」

さくらがさえぎった。

「そうだよ。真菜は、こいつにはめられたんだから」

となりで妃那もうなずく。

「……え？」

さっきまで、あんなにわたしを責めたてていたふたりが、今度は汚いものでも見るかのように小鳥ちゃんをにらみつけている。

「そうだよね、真菜ちゃんがそんなことするわけないもん」

「わたしもずっとおかしいと思ってた」

他の子たちまでが口々に言いだした。

(ちょっと待って。今までずっと、わたし、そう伝えてたよね?)

だけど、誰もわたしの言葉を信じてくれなかった。

なのに、なんで今度はそんな簡単に小鳥ちゃんのことを責められるの?

真実をやっとわかってもらえてうれしいはずなのに、ちっともそんな気になれない。

わたしはみんなに囲まれて、その場に立ちつくすことしかできなかった。

13 本当の友だち

演劇祭は無事に終わった。

直前にあんなことがあったのに、わたしたちのクラスは学年二位。看板がなかったことで減点されたけど、これで秋の体育祭も上位をねらえそうだと、みんな、もりあがっている。

一学期の行事はすべて終わり、夏休みまで、あとすこし。

クラスのみんなは、なにごともなかったかのように毎日をすごしている。

✦

「真菜ー、おはよう!」

みんながわたしの机に集まってきて、しゃべりかけてくる。

「なあ、伊藤。宿題、やってきた？　結構むずかったよな」

菊池がわたしに話しかけてきたのを見て、「ねえ、菊池って絶対真菜のこと好きだよね」とさくらと妃那がからかってきた。

ふたたび、わたしの日常がもどってきた。

今日も一日がはじまる。

反対に、小鳥ちゃんは誰にも声をかけられず、教室のすみで背筋をピンとのばして座っている。

わたしはそっと小鳥ちゃんをぬすみ見た。

あいかわらずわたしそっくりの髪型。

うしろから見たら、わたしがもうひとりいるみたい。みんなから相手にされなくなっても、まだわたしの真似をつづけている。

こつんとひじのあたりになにかがあたった。見ると、小さく折りたたまれた手紙がおいてある。

広げてみたら、さくらからの手紙だった。

『たかなし、真菜の真似ばっかして、マジでうざい』

なぐり書きで書かれた横に、怒った顔のイラストが描いてある。

わたしは返事をせずに、くしゃりとそのメモをまるめた。

みんなは、もとどおりになったって思ってるみたいだけど、わたしは素直にそう思えない。

たしかに小鳥ちゃんは、ありとあらゆるうそをついてわたしを孤立させようとしていた。こんな状態になったのは、小鳥ちゃんの自業自得だと言われれば、たしかにそうかもしれない。

でも、悪いのは本当に小鳥ちゃんだけなのかな？

まるめたメモをポケットに押しこもうとして、かさりとなにかが手に触れた。

（……あっ、入れっぱなしになってた）

取りだしたのは、いつか小鳥ちゃんがくれたハートの折り紙。

小鳥ちゃんとは、演劇祭の日以来、話をしていない。

小鳥ちゃんがなぜあんなことをしたのか、過去のわたしが小鳥ちゃんにした『あのこと』がなんなのかも、教えてくれないから真相は闇のままだ。

（このメモも、折り紙も、いつか大人になったときに読みかえしたら、なつかしいって思うのかなあ）

手のひらにのったくしゃくしゃのメモ用紙とハートの折り紙を見て、そうだと思いついた。

小鳥ちゃんと保育園のころにつながりがあったのなら、もしかしたら、過去に手紙のやりとりをしたことがあったかもしれない。今まで誰かにもらった手紙は、どんなに短いものでもぜんぶ宝箱に入れて残してある。

あのなかを探せば、もしかしたらなにか手がかりがあるかも……！

家に帰ると、わたしは早速宝箱を探した。すごい数の手紙があるので、いくつもの箱にわけてある。保育園時代のものとなると、かなり昔だから、納戸の奥にあるはずだ。

意を決して積みかさなった本やぬいぐるみが入ったクリアケースをどけたら、その奥に目的のものを見つけた。

「あった……！」

すぐに宝箱を開けてみる。

「うわっ、なつかしすぎ……！」

箱のなかからは、広告の裏やメモ用紙に意味不明の字や絵が描いてある手紙が次々とでてきた。

ひたすら〇が描いてあったり、顔から手足が生えてるお人形の絵が描いてあったり。ほとんどがわたしからママにあてて描いたものばかりだ。

「ここには手がかりはないか……」

がっかりして広げた手紙を箱にもどそうとしてハッとした。

「これ……」

そこには、ハートの折り紙をふたつくっつけてさくらんぼのようにした飾りが、たくさん入っていた。

手に取ってまじまじと見つめる。

これ、なんだっけ。どこかで見覚えがある。

そのとき、ふいに思いだした。

「……そっか。あの子だ」

その子は、いつもひとりぼっちだった。

だからわたしは気になって声をかけた。「一緒にあそぼう」って。

そうしたらその子はその日からずうっとわたしのそばにくっついて、毎日ハートをつなげたさくらんぼを何枚も何枚も渡してくるようになった。

最初は素直に「ありがとう」と受けとっていたけれど、あまりにも毎日渡されるから、「もういらない」って断ったことがあったっけ……。

「もしかして、あの子が小鳥ちゃんだったの？」

できた折り紙を手に取って見つめていたら、赤い折り紙のうらにインクがにじんでいるのを見つけた。ぱっと見たときには気がつかなかったけど、なかになにか書いてあるみたいだ。

「……なんだろ」

折り紙を広げて、息をのんだ。

そこにはつたない字で『まなちゃんへ　ずっとなかよし　はな』と書いてあった。

ポケットに入れられていた折り紙も広げてみる。すると、小鳥ちゃんの字で『真菜ちゃんへ　ずっとなかよし　はな』と書いてあった。

……もしかして、小鳥ちゃんは、保育園時代、ずっとなかよしって約束したのに、わたしが忘れていたことが許せなかったのかな。

いまだに『ずっとなかよし』をつづけてたの？

赤い折り紙が、あの日看板をにぎりしめたときに流れた小鳥ちゃんの血の色にかさなり、わたしは小さく悲鳴をあげた。

翌日の昼休み。わたしは小鳥ちゃんの席に直行した。

「ちょっと話があるの。いいかな」

「うん、いいよ」

小鳥ちゃんは素直にわたしのあとをついてきた。ふたりで中庭へ向かう。まわりに誰もいないことを確認してから、小鳥ちゃんに折り紙を差しだした。

「小鳥ちゃん、ううん、はなちゃんだよね？　いつもわたしにハートをつなげたさくらんぼの折り紙をくれてた」

一気に言うと、小鳥ちゃんは、ぱあっと顔いっぱいで笑った。

「やっと、思いだしてくれたんだ！」

小鳥ちゃんはそう言って、突然、わたしの手を取ったかと思うとその場でぴょんぴょんとびはねだした。

「そうだよ、わたし、はな。わたしたち、小さいころに出会ってたんだよ！」

小鳥ちゃんは今にも抱きつかんばかりの勢いで、わたしの両手をにぎりしめる。その異常なほどのテンションについていけなくて、わたしは思わず身をよじった。

「け、けど、まだわからないの。わたしがした『あのこと』って、なんなの？」

その質問に小鳥ちゃんの顔からすっと表情が消え、わたしを見すえる。

「真菜ちゃんが悪いんだよ。わたしとずっとなかよしだって言ったのに、わたしのことも、その約束も忘れたんだから」

「約束？　もしかしてその約束が『あのこと』なの？」

「そうだよ。約束を忘れるなんてひどすぎるよ！」

小鳥ちゃんがわたしの手をきつくにぎりしめる。

「そのときは、わたしもそう言ったかもしれない。……けど、ごめん、ホントに覚えてないし、そこまで深い意味にも思ってなかった。だって、保育園のことでしょ？　誰だって忘れるよ」

すると、小鳥ちゃんがうなるような声でつぶやいた。

「誰だって？　ふざけないでよ。わたしはずっと覚えてた。真菜ちゃんのことだって、ずうっと見てきたのに」

「見てきたって、どういうこと⁇」

なにを言われてるかわからず、首をかしげる。

「真菜ちゃんは、四年生のとき、友だちとキャンプに行ったよね。そこで焼きマシュマロを食べすぎておなかをこわした。あと、ピアノの発表会には毎年アイドルみたいなドレス着せてもらってたでしょ？　そうそう、真菜ちゃんちってておとうさんが毎年お誕生日のケーキ焼いてくれるんだよね。上にのってるアイシングクッキーまで手づくりなんてすごいよね？」

ぺらぺらしゃべる小鳥ちゃんを、信じられない思いで見つめた。

「……なんでそんなこと知ってんの？」

「真菜ちゃんのママ、SNS大好きだよね。家族のこと、真菜ちゃんのこと、こと細かに書いてアップしてるんだもん。小さいころから、わたし、真菜ちゃんちのママのSNS読むの、だーい好きだったんだ。だからわたし、真菜ちゃんのことなら、なんでも知ってる。ハマってるキャラも、ほしいと思ってるものも、わたしの知りたい情報、真菜ちゃんのママがぜ〜んぶ教えてくれるんだもん」

その言葉に、ハッとした。

もしかして小鳥ちゃん、それで最初からわたしが持ってるのと同じペンケースを持ってたの？　わたしに近づくために？

「真菜ちゃん、どうして忘れちゃったの？　わたしたち、なにもかもがそっくりなのに」

「……そっくりって、なにが？」

小鳥ちゃんの勢いに震えながらたずねると、小鳥ちゃんは信じられないという顔でわたしの手をはなして、その手を高く振りあげた。

「ぜんぶじゃん！　真菜とはなで名前も似てる。髪型も同じ。先生だってわたしたちのこと、双子みたいだねって言ったんだよ？　こんなにそっくりなんだから、わたしたちはトクベツだよねって言ったでしょ？　思いだしてよ、今すぐ！」

今度は、わたしの両肩をつかんで揺すってきた。小柄な小鳥ちゃんのどこにそんな力があるのか、指が肩にくいこんで逃げたくても逃げられない。

「……痛いよ。はなして！」

だけど小鳥ちゃんは、はなそうとしない。目をギラギラさせて顔を近づけてくる。

「わたしたち、運命の相手でしょ？　だから、永遠に友だちじゃないといけないの。他の子はもちろん、男子とだってなかよくしちゃダメ！　わたしとだけなかよくするの！　わかった？」

小鳥ちゃんが、わたしの体を揺さぶりながら、なにかに取りつかれたように叫ぶ。

肩を上下させて、しばらくわたしを正面からにらみつけていたけれど、小鳥ちゃんはふっと息をはくといつもの天使のような顔でにっこりと笑った。

「……でもまあ、いいよ。わたしとの約束、思いだしたんだから。今までのことは許してあげる。そのかわり、これからはずうっとわたしのそばから離れないこと。高校生になっても、大人になってもだよ。わかった？」

甘いかわいらしい声で、一方的に自分勝手な言い分をまくしたてる小鳥ちゃんを見て、頭のなかのスイッチがかちりと入った気がした。

だめだ。この子、マジで無理。

「友だちは、約束や決まりごとでなるもんじゃないでしょ。悪いけど、わたし、小鳥ちゃんとは友だちになれない」

なるべく声を荒らげないように冷静に伝えた。とたんに小鳥ちゃんの顔がみにくくゆがむ。

「やだ！　そんなの許さない。友だちにならないって言うなら、真菜ちゃんのまわりの子たちにもっともっとひどいことするから！」

わたしはおなかの底に力を入れて、負けないように大きな声で言いかえした。

「いいかげんにしてよ！　これ以上嫌いにさせないで！」

わたしの言葉に、小鳥ちゃんの表情がかたまる。

「……嫌い？　わたしを？」

か細い声でそう言って、うるんだ瞳からぽたぽたと涙を流した。でも、その涙を見てもなんにも感じない。

わたしは、自分の肩に乗せられた小鳥ちゃんの手を払って、ふうっと大きく息をはきだした。

「いつか小鳥ちゃんにも、本当の友だち、見つかるといいね。でもそれは、わたしじゃないけど」

そう言うと、背中を向けて歩きだした。

「……は？　待ってよ、真菜ちゃん。わたしたち、友だちでしょ？」

小鳥ちゃんの呼びかけに、わたしはきっぱり言いかえした。

「さよなら」

「……やだ！　やだやだやだ、ヤダ――ッ！」

うしろから、小鳥ちゃんの金切り声が響いてきて、渡り廊下を歩いていた子たちがぎょっとした顔で見ている。それでも、かまわず歩きつづけた。

前から吹く風が、わたしの髪をふわりと持ちあげる。

わたしは手のなかにあったハートの折り紙を見つめると、そばにあったゴミ箱に投げすてた。

心は痛まなかった。

『トモダチブルー』発売記念!

宮下恵茉先生×いしかわえみ先生 夢のスペシャル対談!!

女の子たちのリアルでいびつな
友だち関係を描いた『トモダチブルー』。
女の子の心にひそむ闇を
するどく描きだす『絶叫学級 転生』。
長年にわたって女の子を見つめつづけてきた
宮下恵茉先生といしかわえみ先生の
スペシャル対談がここに実現!!
おたがいの作品についてのお話や、
中学時代の思い出など、女の子同士の
友だち関係についてお話しいただきました!
（構成・文／編集部）

・プロフィール・

宮下恵茉

児童文学作家。著書に『キミと、いつか。』シリーズ（集英社みらい文庫）、『9時半までのシンデレラ』（講談社）、『スマイル・ムーンの夜に』（ポプラ社）など多数。友だち関係や恋愛、親との関係に悩む女の子の心情を繊細に描く作風で高い支持を得ている。

いしかわえみ

漫画家。2008年より少女漫画誌「りぼん」（集英社）にて『絶叫学級』の連載を開始。2015年に『絶叫学級』の連載を終了し、同年より『絶叫学級転生』の連載を開始、現在に至る。女の子の心の闇に焦点をあてた同作は、世代を超えて読みつがれている。

女の子の世界の多面性

いしかわ 『トモダチブルー』を読ませていただきました。序盤、転校生の小鳥ちゃんの真っ黒で策士な感じがとにかく怖くて！　スマホケースやリュックをおそろいにする・しないで、主人公の真菜ちゃんと小鳥ちゃんの間でひと悶着ありましたけど、それがとってもリアルでした。

宮下　小鳥ちゃん、じわじわと真菜ちゃんを攻めるんですよね。グッズについては、合意の上でのおそろいはアリだと思うんですけど、一方的に真似されるって、私自身がちょっと嫌だなあと感じてて。そんな小さな嫌悪感や違和感を、小鳥ちゃんの言動に入れていきました。

『トモダチブルー』

いしかわ　小鳥ちゃんはまるで、自分が被害者かのように振るまうじゃないですか。真菜ちゃんはそんな小鳥ちゃんに怒りをぶつけてしまうと、自分のほうがイタい人間だと思われちゃうって、感情を抑えよう抑えようとするところも、なんかわかるなあって。

宮下　小鳥ちゃんは巧妙にまわりを味方につけるんですよね。真菜ちゃんひとりを敵にしてみんなで結束するみたいな。

いしかわ　そうなんです。小鳥ちゃんだけでなく、真菜ちゃんのまわりの女の子たちもズルかったり弱かったりして、女の子の集団の怖さを感じました。

宮下　ジェンダーフリーの時代とはいえ、女の子の集団とかグループって、やっぱり独特の雰囲気がありますよね。

いしかわ　ずっといい子だった真菜ちゃんだけど、最後の最後、小鳥ちゃんに対して一番きついことをしました。真菜ちゃんの心はただ綺麗なだけじゃなかった。彼女の感情が見えてきて、スカッとしました。

宮下　読んでいただきありがとうございます。私もいしかわ先生の『絶叫学級 転生』を読ませていただきました。なかでもハッとしたのが9巻「君のヒロイン」。いい子だと思ったら、半眼みたいな表情でクラスメイトに「死ね」って。他にも、クラス内のヒエラルキーだったり思春期の女の子のドス黒い感情だったり、本当にありそうなお話ばかりでした。

『絶叫学級 転生9』

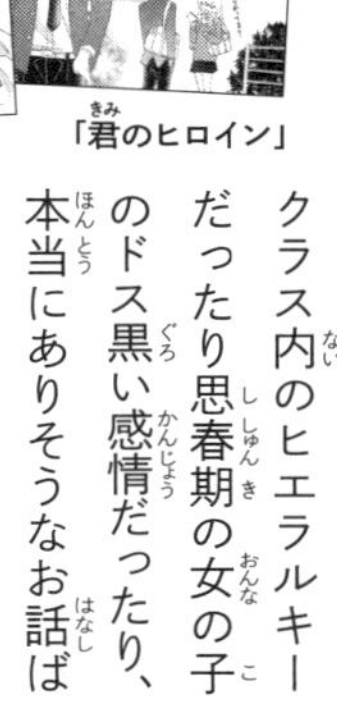

「君のヒロイン」

いしかわ 実際に、体験をもとにして描いた話もいくつかあるんです。私が中学生のころ、クラス内のヒエラルキーとか仲間はずれとか、もうしょっちゅうあって。漫画の参考にできそうな子がいっぱいいました。

宮下 女の子の意地悪さや妬みの感情を描きつつ、一方で、14巻「雪の中の友人」のような女の子同士の友情っていうのもポイントポイントで入ってきますよね。女の子の世界の多面性が描かれていると感じます。これほどバリエーションに富んだエピソードを、もう15年以上連載されてるんですよね。連載開始のころと今とで、読者の子たちの反応って変わっているんですか?

「雪の中の友人」

『絶叫学級 転生14』

いしかわ 学校での女の子同士の関係を描くと今も

昔も反響はありますが、「自分もそういうことありました」「私の今の心境にそっくり」という声を聞くと、連載開始のころから読者の感情の部分はそんなに変わってないのかなって思ったりもします。

宮下　15年の間には、スマホが使われはじめて、SNSもLINEとかTikTokとかが普及しましたけど、女の子の本質的な部分はさほど変わっていない？

いしかわ　そうですね。女の子たちが使う「ツール」は時代ごとに変わっていきます。『絶叫学級転生』でもその点はアップデートして描いていますが、女の子たちが共感してくれる「感情」の部分は、大きくは変わっていないのかもしれません。

中学生ってヒリヒリする

いしかわ　宮下先生の既刊『キミと、いつか。』シリーズも読ませていただきました。「〝素直〟になれなくて」のあずみちゃんが心の氷を溶かす瞬間に共感して泣けちゃって。素直になれない子の気持ち、わかるんですよね。心の氷が溶けても、すぐにはまわりの女の子たちと打ち解けられない。中学生ってヒリヒリするなあって思いました。「本当の〝スキ〟」の、女子に警戒されてるゆうなちゃんも、すごく好きで。恋多き女の子だけど本気の恋をしてるわけじゃない。いろんなことに本気になれない彼女が、最後に何かに本気になってみたいと思うようになりますが、それ

『キミと、いつか。
"素直"になれなくて』
（絵・染川ゆかり）

を応援したくなりました。

宮下　読んでくださってうれしいです。『キミと、いつか。』にはたくさんの女の子キャラが出てきますが、自分の中にある感情とはできるだけ切り離して、それぞれを多面的に書こうと意識しました。私も『絶叫学級　転生』を読ませていただきながら、中学時代にこういう黒い気持ちを抱いたことがあったなあと思い出します。いしかわ先生はどんな中学生だったんですか？

いしかわ　私、いつも怒ってる子でした(笑)。誰かの心ない言葉とか理不尽なことが不快で、いちいち怒ってばかり。宮下先生はいかがでした？

『キミと、いつか。
本当の"スキ"』
(絵・染川ゆかり)

宮下　中学生のころは「別冊マーガレット」と「オリーブ」しか読んでなくて。漫画と服のことばかり考えてました(笑)。それでもやっぱり友だち関係ではヒリヒリしたところがありましたね。ちょっとしたことで無視されるみたいな。男子としゃべってた、遠足のときの私服が目立ってた、髪を巻いてる、色つきリップを塗ってる……そんな理由で順番に誰かが無視されて。私も経験しましたけど、そのときは嫌だなとは思いつつも、わりと調子のいいところもあったので、その状況をうまく乗り切っていたような気がします。

いしかわ　そうなんですね！　私なんて、先生に対しても敬愛の気持ちとか抱いたことがなくて。ひどい子ども時代だったかも(笑)。

宮下 今の子たちと違うのは、インターネットやスマホがなかったこと。私の中学時代は、学校の友だちとは学校の中だけのつながりでした。だけど今の子たちは家に帰ってもスマホでつながってるわけですよね。自分と誰か、誰かと誰かのつながりが可視化されちゃうって、けっこうしんどいんじゃないかなあと。

いしかわ そういうしんどさって大人になってもありませんか？　私この間、友だちから、みんなで集まってごはんに行ってきたよって聞かされて。え、私誘われてないんだけど！　って言っちゃいました(笑)。まあ、そんなことが言えるだけ、まだ健全な関係なのかもしれません。

“怖い”という感覚

宮下 先ほど、小鳥ちゃんが怖かったという感想をいただきましたが、『絶叫学級転生』はほとんどが怖いお話ですよね。いしかわ先生はどういうものに怖さを感じますか？

いしかわ 「わからない」とか「得体が知れない」とか、自分の理解の範ちゅうを超えているものに恐怖を感じるように思います。「自分でコントロールできないもの」とも言えるかもしれません。だからお化けが出てくるホラーなんてめちゃくちゃ怖いし、友だち関係も自分でコントロールできるものじゃないから、やっぱり怖い。

宮下 友だち関係がコントロールできなくなるきっかけって、案外ささいなことだったりするんですよね。

いしかわ 宮下先生が中学生のころ、順番に無視されたとおっしゃってましたが、私もそれと同じような場面に遭遇したことがあります。中学時代はバレーボール部だったんですけど、飛んできたサーブを、本来ならレシーブする順番ではない子がしてしまったんです。たったそれだけのことなのに、その子は無視されちゃいました。

宮下　もうチームプレーもあったものではないですね。小さな失敗が友だち関係を壊すきっかけになることもあるから、女の子たちは常に張りつめていないといけない。

いしかわ　本当にそう思います。そして、誰かを無視するって決めるのはいつも、ヒエラルキー的に上の子たちなんですよね。ときどき〝革命〟が起こって、頂点にいた子が転落したり。それもまたコントロールできないことだから怖い。

宮下　『トモダチブルー』について言えば、とくだん怖さを強調しようと思って書いたわけではないんです。けど、小鳥ちゃんが何を考えてるのかわからない、それゆえ真菜ちゃん自身もどうしたらいいのかわからない。いしかわ先生の言葉を借りるなら、小鳥ちゃんの「得体の知れない」感じ、「コントロールできない」感じが、〝怖さ〟として際立ったのかもしれません。

いしかわ　さらに言うなら、小鳥ちゃんの中1という人物設定と彼女の怖い言動が合致していたからこそ、その〝怖さ〟に〝リアルさ〟もあったのだと思います。解像度の高さとも言えるかも。

宮下　『絶叫学級転生』では小学生から高校生まで、主人公の年齢に幅がありますよね。年齢の設定はどのように決めているんですか？

いしかわ　漫画のなかで起こる怖いことをベースに年齢を決めてますね。たとえば、いじめの怖さだったら、どこまで切りこんで描くかで年齢を決めます。体操服を隠されて怖いとかだったら小学生が主人公かな、もっと切りこむなら中・高生かなとか。

宮下　なるほど。そのように人物設定と怖さをリンクさせてらっしゃるのですね。

自分の居場所を見つけて

宮下　女の子同士の関係について話してきましたが、『トモダチブルー』では真菜ちゃんとは違う視点で意見をくれる存在として、おさななじみの湊くんを出しました。女の子同士で埋められないところを、男の子が埋めてくれるってこともあるように思います。真菜ちゃんと湊くんの間には恋愛感情はありませんでしたが、男の子との恋愛が女の子の友情で埋められないところを埋めてくれるということもあるかもしれない。『キミと、いつか。』を書いていたとき、そんなことを考えていました。

いしかわ　恋愛のほかにも、習い事でもなんでも、熱中できることを見つけることができたら、埋められないところが埋まるかもしれません。居場所は学校以外だっていいんです。私、人生が楽しいって思いはじめたのは漫画家になったあたりからなんです。

宮下　私も作家になったあたりから、自由になれたような気がします。自分の世界がやっとできたように感じます。

いしかわ　すごくわかります。自分の世界って「居場所」ですよね。それって「自信」がついたとも言えるのかもしれません。

宮下　この対談を読んでくれる子たちに伝えたいのは、今がすべてじゃないよってことです。これから先、いろんな人に出会って、いろんなところに行ける。だから今にとらわれないでほしいです。

あとがき

宮下恵茉

みらい文庫読者のみなさん、はじめまして、作者の宮下恵茉です。もしかすると、おひさしぶり、の人もいるかな？　みらい文庫で書くのは前作『キミと、いつか。』シリーズ以来ひさしぶりなので、みなさんに楽しんで読んでもらえたか、どきどきしています。なのでよければ、感想を教えてもらえるとうれしいです。そしてみなさんの「友だち」にまつわるお話も、ぜひ聞かせてくださいね♡

前作は「恋愛」がテーマのシリーズでしたが、今作は「友だち」をメインテーマに書きました。といっても、単なる友情物語ではありません。ほんのちょっとしたきっかけで、距離感がバグってしまったふたりの物語を、どきどきしながら読んでもらえたらうれしいです。

「友だち」って、一緒にいると楽しいこともたくさんあるけれど、悲しい思いをしたり、くやしい思いをすることだってありますよね。わたしも幼いころから大人になった今まで、たくさんの友だちとの出会いがありました。クラスの友だち、部活の友だち、習い事や塾が一緒の友だち、なんとなく仲良くなった友だち……。その子たちと、一緒に授業を受けたり、部活で汗を流したり、遊びに行ったり、おしゃべりしたり、たくさんの時間を共に過ごしてきました。その中で本当に心の底から信頼できる友だちって、実はほんのひとにぎりだけだったなあって今になって思います。みなさんの中には、すでにそんな友だちと出会っている人もいるかもしれないし、まだ出会っていない人もいるかもしれませんね。わたしだってまだこれから新しい友だちに出会うかもしれません。そんな風に、「友だち」にはルールってないんです。その子と一緒にいたら自分らしくいられる。そんな相手が「友だち」、なのかな?

今、友だちのことで悩んでいる人もいるかもしれませんね。でも、あなたにはまだまだ出会っていない友だちがたくさんいます。

だから、その悩みにとらわれ過ぎないようにしてくださいね。

最後になりましたが、すてきなイラストでお話を盛り上げてくださった遠山えま先生(ダブルえまです・笑)そして編集担当のNさん、お力添えありがとうございました!

宮下恵茉先生へのお手紙はこちらまで。
〒101—8050 東京都千代田区一ツ橋2—5—10 集英社みらい文庫編集部 宮下恵茉先生係

はじめまして こんにちは！
遠山えまと申します。「トモダチブルー」の
挿絵を描かせていただき、ありがとうござい
ました！ふだんなかなか小鳥ちゃんのような表情
を描くことがないので 新鮮ですごく楽しかったです♡
小鳥ちゃん…真菜ちゃんへの執着が大きくて大変な子
ですが、ふしぎと小鳥ちゃんの気持ちも少しわかる
んですよね…。すごく考えさせられる作品を、宮下先生
本当にありがとう
ございました！
TOYAMA EMA

集英社みらい文庫

トモダチブルー

宮下恵茉（みやしたえま） 作

遠山えま（とおやま） 絵

ファンレターのあて先

〒101-8050 東京都千代田区一ツ橋 2-5-10 集英社みらい文庫編集部

いただいたお便りは編集部から先生におわたしいたします。

2024年 9月30日 第1刷発行

発行者 今井孝昭

発行所 株式会社 集英社

〒101-8050 東京都千代田区一ツ橋 2-5-10

電話 編集部 03-3230-6246

読者係 03-3230-6080

販売部 03-3230-6393（書店専用）

https://miraibunko.jp

装丁 直井美那（クリエイションハウス） 中島由佳理

印刷 TOPPAN株式会社

製本 TOPPAN株式会社

★この作品はフィクションです。実在の人物・団体・事件などにはいっさい関係ありません。

ISBN978-4-08-321868-2 C8293 N.D.C.913 200P 18cm

©Miyashita Ema Toyama Ema 2024 Printed in Japan

定価はカバーに表示してあります。造本には十分注意しておりますが、印刷・製本など製造上の不備がありましたら、お手数ですが小社「読者係」までご連絡ください。古書店、フリマアプリ、オークションサイト等で入手されたものは対応いたしかねますのでご了承ください。なお、本書の一部、あるいは全部を無断で複写（コピー）、複製することは、法律で認められた場合を除き、著作権の侵害となります。また、業者など、読者本人以外による本書のデジタル化は、いかなる場合でも一切認められませんのでご注意ください。

「りぼん」連載の人気ホラー・コミックのノベライズ!!

いしかわえみ・原作/絵

はのまきみ(25より)・著
桑野和明(24まで)

37 しのびよる毒親編

真夜中に立ち聞きした家族たちの会話で自分が処分されると知る「家族会議」ほか3話を収録!

38 黄泉に眠る記憶編

黄泉の誕生に深く関わる秋元優美の死。その真相が明かされる「黄泉の追想」ほか4話を収録!

最新刊

39 檻のなかの怨念編

人を求めて歩く妖怪たちを緑川ハルヒが封印する「夜行の封印」(前・中・後編)ほか3話を収録!

既刊案内

1. 禁断の遊び 編
2. 暗闇にひそむ大人たち 編
3. くずれゆく友情 編
4. ゆがんだ願い 編
5. ニセモノの親切 編
6. プレゼントの甘いワナ 編
7. いつわりの自分 編
8. ルール違反の罪と罰 編
9. 終わりのない欲望 編
10. 悪夢の花園 編
11. いじめの結末 編
12. 家族のうらぎり 編
13. 不幸を呼ぶ親友 編
14. 死を招く都市伝説 編
15. 呪われた初恋 編
16. 満たされないココロ 編
17. 笑顔の裏の本音 編
18. ナイモノねだりの報い 編
19. 人気者の正体 編
20. いびつな恋愛 編
21. つきまとう黒い影 編
22. 悪意にまみれた友だち 編
23. 災いを生むウワサ 編
24. 悪魔のいる教室 編
25. むきだしの願望 編
26. 還り道のない旅 編
27. 黄泉の誕生 編
28. むしばまれた家 編
29. 繰りかえすコドモタチ 編
30. 見えない侵入者 編
31. 赤い断末魔 編
32. コンプレックスの奴隷 編
33. ウワサ話の黒幕 編
34. 報復ゲームのはじまり 編
35. パーティーのいけにえ 編
36. 恋人たちの化けの皮 編
37. しのびよる毒親 編
38. 黄泉に眠る記憶 編
39. 檻のなかの怨念 編

ノベライズ
シリーズ累計123万部突破!!

絶叫学級

1 禁断の遊び編

恐怖の授業のはじまり。黒くて不思議な携帯ゲーム機にまつわる「悪魔のゲーム」ほか4話を収録！

15 呪われた初恋編

冷たい態度の恋人とバレンタインで絆を深めようとする「ブラッディ・バレンタイン」ほか4話を収録！

30 見えない侵入者編

再生回数をかせぐため動画投稿サイトに自撮り映像をアップする「みえざる視線」ほか4話を収録！

高宮学園バスケ部の氷姫

＊あいら＊作
ムネヤマヨシミ絵

愛されすぎのマネージャー生活、スタート！

大型オリジナル新作!!

2024年10月25日
発売予定!!

問題児バスケ部は、イケメンだらけの最強集団!?

夜光龍

中2。バスケ部キャプテン。クラブチームで選抜メンバーに選ばれるほどの実力の持ち主で、弱小だったバスケ部を強豪チームに導く。

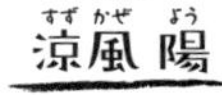

涼風陽

中1。努力家で心優しい美少女だが、本人は自分の美貌に気づいていない。感情表現がニガテで「冷たい」と誤解されることも多い。

三鷹影

中2。無口だが優しい。メガネに隠された素顔には、ヒミツが……？

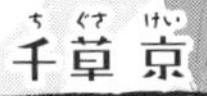

千草京

中2。遅刻常習犯。チャラく遊び人と言われているが、実は……？

黒世宮

中1。可愛い見た目に反してダウナー系。やや人見知り。

白世壱

中1。関西出身で、元不良。幼い妹や弟の面倒をよく見るアニキ肌。

朝霧虎

中2。陽の幼なじみで、サッカー部の次期キャプテン。陽のウワサを聞き、幻滅して、陽をサッカー部から追い出してしまう。

サッカー部のマネージャーをしていた涼風陽は、ぬれ衣をきせられて、
サッカー部から追い出されることに。
ひとりぼっちになった陽に、手を差し伸べてくれたのは……
「陽のことは、絶対に俺が守るから」バスケ部のキャプテンで、
絶対的エースのヒーローでした。遊び人のワケあり先輩から、
ツンデレ猫系男子まで、最強男子たちとの愛されすぎの
バスケ部生活、スタートです!!

聴かせてよ！
はイケボな配信者!?

RIO SAIKI
佐伯莉央
特進クラスの中学1年生。学校では無口で氷王子と呼ばれている。

EMA AYAGAKI
綾垣瑛茉
放送作家志望で放送部の中学1年生。

第13回 みらい文庫大賞 優秀賞 受賞作!!

甘水さら 作
瀬川あや 絵

きみの声を
氷王子の裏の顔

STORY

廃部寸前の放送部をなんとかしたい中学１年生の瑛茉。ひょんなことから特進クラスの無口な氷王子・佐伯くんが、実はイケボで、ひそかに音声配信をやっていることを知り、彼を放送部にスカウト!! だけど、氷王子はめちゃくちゃ毒舌で……!?

絶賛発売中!!

「みらい文庫」読者のみなさんへ

言葉を学ぶ、感性を磨く、創造力を育む……、読書は「人間力」を高めるために欠かせません。

たった一枚のページをめくる向こう側に、未知の世界、ドキドキのみらいが無限に広がっている。

これこそが「本」だけが持っているパワーです。

学校の朝の読書に、休み時間に、放課後に……。いつでも、どこでも、すぐに続きを読みたくなるような、魅力に溢れる本をたくさん揃えていきたい。読書がくれる、心がきらきらしたり胸がきゅんとする瞬間を体験してほしい、楽しんでほしい。みらいの日本、そして世界を担うみなさんが、やがて大人になった時、「読書の魅力を初めて知った本」「自分のおこづかいで初めて買った一冊」と思い出してくれるような作品を一所懸命、大切に創っていきたい。

そんないっぱいの想いを込めながら、作家の先生方と一緒に、私たちは素敵な本作りを続けていきます。「みらい文庫」は、無限の宇宙に浮かぶ星のように、夢をたたえ輝きながら、次々と新しく生まれ続けます。

本を持つ、その手の中に、ドキドキするみらい――。

本の宇宙から、自分だけの健やかな空想力を育て、〝みらいの星〟をたくさん見つけてください。

そして、大切なこと、大切な人をきちんと守る、強くて、やさしい大人になってくれることを心から願っています。

2011年 春

集英社みらい文庫編集部